未婚30

白岩玄
gen shiraiwa

幻冬舎

未婚30

目次

ブックデザイン
鈴木成一デザイン室
カバー写真
岩田和美

結婚問題

◇

校了日がなかったらどんなに楽になるだろうといつも思う。でもそれに合わせて仕事をするように体ができてしまっているから、もしなくなったら私は仕事がまったくできないダメ人間になるだろう。とはいえこの無愛想な牛に追い立てられるようなピリピリした空気が好きかと言われたらそうでもない。もう何度もやっていることなのに、毎回この時期になると必ず焦って頭がパンクしそうになっている。やるべきことをすべてメモして、済んだものには線を引いて消さないと必ずどこかでミスをする。

ようやく赤を入れ終わったゲラを机の上で揃えて、ダブルクリップで束ねてから腕時計に目をやった。十二時十分。不本意だけど今日はこれで終わるしかない。コンタクトの乾きを感じながら席を立ち、使っていたマグカップを給湯室に洗いに行くと、いつもお世話になっている校正者の女の人とばったり会った。笑顔が素敵な、会うたびによく話す人だったので「お疲れ様です」と挨拶をする。

「結婚の準備は進んでる？」

「あ、はい。こないだ式場おさえました」

「そう。じゃあこれから忙しくなるね」

人に言われると意識する。婚約期間中というのは不思議な時間だ。自分が少しずつ既婚者の立場になっていくのを感じる。しかも前よりもちょっとだけ認められているような変な気分。社会というのは思った以上に結婚に対して反応を示すものらしい。

ぎりぎり終電に乗れる時間に会社を出て、電車に乗り込んだ。大学を卒業し、老舗の小さな出版社に勤めて七年。辞めたいほどではないものの、毎日働くことの疲れはやっぱり体に溜まっていく。出さなければいけないアイデア、まとめなければいけない書類、読まなければいけない小説、連絡をしなければいけない相手。それだけでもいっぱいなのに、プライベートでも処理されるのを待っている案件がたくさんある。いつからこんなにしなきゃいけないことだらけになったんだろう。そう思ってぼんやり考えてみるけれど、思いつくのは学校や習い事で宿題というものが出されるようになってからだった。気づかないうちに大人になる練習をさせられていたんだなと思う。

短い息を吐いてから視線を上げると、同じ車両に乗っている人たちはみんな私と同じく疲れているように見えた。案外誰もが、しなきゃいけないことばかりの毎日にうんざりしているのかもしれない。みんなそこから逃避するためにスマホをいじったり本を読んだりしているのだ。

東京という街の、ありきたりないつもの風景。自分がその風景に溶け込んでいると感じる一方で、なんで今ここで仕事をしているのかがときどきふとわからなくなる。生活をするために働いているのか、でも働くために生きているような気もして、そこのところの境界線がにじんで見えなくなってきている。

肩にかけているバッグからスマホを出し、スライドでロックを解除してツイッターのアプリを開いた。溜まっていた百件近いツイートを指で少しずつ送りながら目を通していく。真面目だったり、たわいなかったりする文章が次々と流れていったけれど、興味を引くものはあまりなかった。今度はEメールのアプリを開く。新着を知らせる水色の丸がいくつかあり、でもどれも小さな宿題に思えるようなものでしかなかった。返信はまたあとでしよう。今は頭を休ませたい。

画面を切ったスマホをバッグに入れ、乗車ドアの窓から暗い外の景色に目をやった。流れていく夜の街並みをぼんやり見ながら、そういえば会社を出る前に佑人《ゆうと》からメールが来ていたのを思い出す。ちょっとした返信が必要だった覚えがあるけれど、面倒臭かったのでやめにした。体の向きを少しだけ変え、ドアにもたれて目を閉じる。

メールというのは人の心をわかりやすくするものだなといつも思う。大事な人に対してはすぐ返信するくせに、どこかで相手をなめていると平気で無視してしまう。

✦

掃除用のスポンジにボディソープを垂らして泡立て、風呂場の床を丁寧に端から磨いていく。もとの白い床に戻るまで力を入れてしつこくこすり、一定の範囲を終えると一度シャワーを出して汚れが落ちているかどうかを確かめた。掃除は男がやる方がずっと効率的だと思う。こびりついた汚れも力でとれるし、やりだすと凝り性な人が多いから隅々まできれいになる。でもまぁもちろん好き嫌いはあるかもしれない。個人的にはやればやった分だけちゃんと結果が出る掃除は楽しい。特に自分は仕事がそうじゃない種類のものだから尚更だ。

いくぶんスッキリした気分になって風呂場を出たあと、濡れた掃除道具を片づけて洗面所で手を洗った。バスマットで足を拭いて靴下を履こうとしたものの、どこを探しても片方しか見当たらない。やられたと思ってリビングを見に行くと、案の定ナギが靴下を足もとに置いて俺を見ていた。悪いことをしているのはわかった上で、でも自分のものだと主張するような挑戦的な顔をしている。わざと手を伸ばして取ろうとすると「ウゥ！」と犬らしいうなり声を上げて靴下に覆いかぶさった。その必死さにいつものことながら笑ってしまう。

放置していたｉＰｈｏｎｅに着信がないことを確かめてから食卓の椅子に腰を下ろした。点けっぱなしのノートパソコンの画面に並んでいる文章をしばらく見つめ、ほんの少しだけ意識を向けて書いたものを読み返す。でもまったくと言っていいほどやる気は湧いてこなかった。仕方なく横に置いてあった文庫本を引き寄せる。「焚火《たきび》」という短篇が良かったので他のも読んでみようと買ったジャック・ロンドンの『白い牙』。犬がどんどん消えていく冒頭の場面が面白く、そこから急にオオカミの話になったので最初は面食らったが、背表紙に「動物文学の世界的傑作」と書かれていたので「そういうことか」と腑に落ちた。でもオオカミの生態を延々と読まされるのはなかなかつらいものがある。

玄関のドアに鍵が差し込まれ、ロックが外れる音がした。ナギが待ってましたとばかりに靴下を捨てて飛んでいく。一瞬迷って本を閉じ、パソコンの脇に置いたところで里奈《りな》が中に入ってきた。それらしく仕事をしているふうを装いながら、生物学的には同じメスである二つの生き物にちらりと目をやる。里奈は脚に飛びついて喜んでいるナギの体を、いつもそうしているようにぐしゃぐしゃと両手で撫でていた。

「ナギちゃん、ただいま」

ナギはもともと俺が飼っていた犬なのだけど、あんなふうに熱烈に歓迎するのは里奈が帰宅したときだけだ。俺が帰ってきたときはただ寄ってくるだけで、飼い主なのにその差はなんだと思ったりする。おまけに俺を仲間外れにするように、里奈がこの家で優しい声をかける相手もナギだけだ。

靴を脱いで食卓までやってきた里奈が「ただいま」と何の愛嬌もない声で言う。こっちもパソコンの画面に目をやったまま「おかえり」とそっけない返事をした。ポストから回収したらしい郵便物の束が食卓の隅に無造作に置かれる。その中に印税の支払い明細が交ざっているのが目に入り、視線を上げると、里奈は俺が昼間に受け取った宅配便の荷物を手に取って送り主を確認していた。でも結局開けずに戻して、バッグを椅子の上に置くと洗面所へと消えていく。

気持ちは印税の支払い明細に引っぱられていたが、手をつけるのは里奈が風呂に入ってからにすることにした。自分の部屋に着替えを取りに行った里奈が再びリビングを横切って、洗面所の扉がばたんと閉められ、鍵のかかる音がする。お目当てのものに手を伸ばし、とりあえずすべての郵便物を取り上げて、自分宛のものが他にもないか調べてみた。ＤＭやカタログや請求書のほとんどは里奈のものだ。でも俺にも一通だけ洋服屋のＤＭがあったので、印税の支払い明細が入った封筒と一緒に抜き出した。

中の紙を破かないように、封筒を縦に振ってから端を千切って封を切る。いくらかな、と期待に胸を膨らませながら三つ折りにされたものを引っぱり出すと、クジでも引くような感じで折り畳まれた紙を伸ばした。右下に印刷された数字は「28,437」となっている。こないだのエッセイの分か、とがっかりしつつも折り畳んで元の封筒の中に戻した。決して少なくはないけれど、テンションが上がる額でもない。

浴室からはいつのまにかシャワーの音が聞こえていた。体を滑り落ちたお湯が継続的に床に落ちる音がする。さっき掃除したことにほのかな満足感が湧いてきた。自分のおかげで誰かがきれいな空間を使っているというのはいいものだ。なんだかちょっとは役に立てている気持ちになる。

十分ほどで出てきた里奈は、普段着ているのをよく見るスウェットにロンTという格好で、顔をほんのり上気させ、頭にタオルを巻いていた。食卓の椅子に置いていたバッグからスマホを取り出して、少し操作したあとで眉をひそめて画面を見ている。

「飯は？」

「食べる」

そのまま何やら返信を打ち始めたので、席を立って代わりに用意をしてやった。コンロの上に残っているみそ汁を火にかけ、冷蔵庫から保存容器に入っているひじきの煮付けと切干し大根を出す。炊飯器からよそったご飯とみそ汁、そしてさっきのおかず二品を皿に盛って箸と一緒にランチョンマットに並べると、里奈は「ありがとう」とつぶやいてスマホをしまいながら椅子に座った。いただきます、と手を合わせる顔がまだ仕事のことを考えたままになっている。

「だいぶ疲れてるな」

「うん。校了前で頭いっぱい」

みそ汁に口をつける里奈を少しのあいだ見つめてからパソコンの画面に視線を落とした。

毎日体をすり減らして働いている姿を見ると劣等感が湧いてくる。

◇

「望月、会議始まるよ」

仕事中に寺島さんに言われて「あ、はい」と椅子から立ち上がる。残ったハーブティーを飲み干してから必要なものを持ってばたばたとあとを追いかけた。エレベーターのボタンを押して待っていた寺島さんが「その靴かわいいわね」と買ったばかりのパンプスを見ながら言う。

「衝動買いです。こないだ伊勢丹で見つけちゃって、今月のカードがやばいです」

「あんた結婚前に何やってんのよ」

雑誌が校了して新しい月になるとちょっとは時間の余裕ができる。大好きな買い物に行ったり友達と飲みに行ったりするのもこの時期で、でも時間があるからこそ、編集部では次の雑誌を作るための準備をする。仕事ができるできないを明白にしてしまう、ある意味憂鬱な企画会議だ。

当たり前だけど書き手には売れている人と売れていない人がいる。出版社として利益を出そうと思ったら売れている人に書いてもらうのが手っ取り早い。でも当然そういう人たちには依頼が殺到しているから、少ない枚数でも書いてもらうのは大変だ。しかも競合相手には年齢が私よりずっと上の熟練の編集者が交ざっているから分が悪い。そうなると必然的にあまり有名じゃない人や、自分とそんなに歳の変わらない中堅や若手の人に原稿の依頼をすることになる。

「この桜田さんっていう人はどんな人なの？　最近よく名前出してるけど」

編集長が企画書をめくりながら私に目をやる。何年か前によその会社の文学賞の最終選考まで残った人で、短篇が多いけれど読ませる小説を書く人なのだと説明した。でもあまり興味を持ってもらえていないのは空気でわかる。今月は他の原稿に追われていて新規開拓を怠った。現状維持はできているけど、成果らしい成果はない。

「じゃあ次、寺島。三沢さんの原稿はよくとってきたね。気分よく書いてくれそうだった？」

「はい。今回のは中篇ですけど、終わったら長篇も書いてくれるそうです」

会議室に「おぉ」と感嘆の声が上がる。先輩の寺島さんが今までウチで書いてくれなかった大御所の作家さんの原稿をとってきていた。いつも良くしてもらっている先輩がいい仕事をしているのを見るのは刺激になるけど、それに比べて私は……というネガティブな気持ちも少しは起こる。最近考えるのは「ずっとここにいていいのか」という根本的な問題だった。ウチは小さな会社だし、出版界は斜陽産業でどんどん縮小していくだけだ。嘆いても仕方がないとわかっているから嘆かないけど、明るい未来は見えてこないし、かといって自分がそれを切り開けると思えるだけの自信も実力も持っていない。だから結局ぐるぐる同じところを回って「目の前のことを一生懸命にやるしかない」という、もはや擦り切れた感のある結論に辿り着く。

企画会議が終わったあと、デスクのひきだしから便箋を出して、前から少し気になっていた中堅の作家さんに手紙を書いた。それが終わると、ずっと書いてほしいと依頼している大御所の作家さんにも手紙を書く。返事がもらえないことはわかっているけど、とにかく気持ちのこもった手紙を何通でも出し続けるしかない。

その日の午後は単行本の打ち合わせで作家の中野光太郎さんに会うことになっていた。中堅の人気作家である中野さんは毎回指定時刻の十分前に待ち合わせ場所に着いているから気を遣う。あまりに早く行き過ぎて打ち合わせの時間そのものが早まってしまうのはいただけないし、かといって時間丁度に行くのもあれだから、いつも五分前に待ち合わせ場所に着くようにする。腕時計を見ながら少し走ると、店の前で待っていた中野さんに軽く頭を下げられた。息を整えながら仕事用の笑顔を作ってこちらも頭を下げ返す。

作家さんというのは本当に人によってまるで雰囲気が違う。特にある程度名前が通っている人にはその人特有の空気みたいなものが必ずある。私が作品を読んでいるから先入観でそう感じるのかもしれないけれど、黙っているその人を見ていても、裏側には確固とした別の世界が存在しているような感じがする。

飲み物の注文と世間話を終えたあと、トートバッグから重くて分厚い原稿の束を出して本題に入った。昔は小説の感想を言うときも変に気を遣っていた。いつからか率直な意見が言えるようになったのは、言った方が原稿の出来が良くなった経験を重ねてきたから。そして「いい作品にしたい」というこっちの思いを著者が受け止めてくれるとわかったからだ。

「じゃあ今話したような方向性で直してみます」

「よろしくお願いします」

編集者の自分にとっては、こうして原稿を無事に返せたときに一段落ついた感じがする。

抱え込んでいた重たさがすっと溶けたような気がした。

「そういや望月さん結婚するんだよね？」

「えっ？」

予期していなかった質問に気持ちが焦った。そんなところまで広まっているのかと体が急に熱くなる。

「あぁ、はい。そうなんです」

「噂で聞いたもんだからさ」

中野さんは佑人のデビュー作のタイトルを出して相手を確認した。気後れしつつも私が「はい」と認めると「へぇー」と言葉だけで感心している。私の被害妄想かもしれないけれど、その表情と言い方には「ああいうのと結婚するんだね」という若干の侮蔑が含まれているように思えた。同じ作家同士だから佑人の実力がどれくらいのものかもはっきりわかっているんだろう。これまでにも何度か同じ思いをしたから徐々に免疫がついてきているとはいえ、佑人の仕事に対する評価が私の価値を決めているようで嫌だった。そういうのってどう考えても理不尽だ。

打ち合わせを終えたあと、読まなければいけない小説を読むために一人で馴染みの喫茶店に入った。顔見知りのマスターにホットのカフェオレを注文し、頭を切り替えて文章を読むことに集中する。でもどれだけ作品の世界に入り込もうとしてもダメだった。こういうとき、佑人が同じ業界の人間じゃなかったら良かったのにといつも思う。

カフェオレで気を落ち着かせながら今日は寺島さんを飲みに誘おうと固く誓った。ただ結婚するだけなのに、余計な詮索をされることが多すぎる。

✦

「まさかおまえが結婚するとはな」

未だに信じられないといった様子で清田が言う。高校時代からの友達であるこの男が驚くのも無理はなかった。片方はデザイナーで、片方は作家で、二人とも自分勝手な人間だから、お互いに当分結婚はないだろうと思っていたのだ。

「相手何してる人？」

「編集者」

「マジで？」

ビールを飲む手が止まっている。そんなに驚くことかと思ったが、逆になんと言ったら驚かれなかったんだろうと考えた。たとえば会社員と言えば、あるいは看護師とか保育士と答えたら「へぇ」で終わったような気がする。ただ編集者だって俺が作家じゃなかったらごく普通の職業なのだ。自分でも少し思うけれど、そこにはスポーツ選手と監督ができてしまったような、ある種のいやらしさみたいなものがどうしても混ざり込んでくる。

「やっぱそういうのってよくあんの？」

「作家と編集者ってこと？　けっこうあるよ。立場が逆なことが多いとは思うけど」

「どういう意味？」

「作家が女で編集者が男ってこと」

「あぁ」

俺もその方が理にかなっているとは思う。安定した収入と社会保障がある夫と、収入に波がある妻との組み合わせ。めちゃくちゃ稼いでいるなら作家が男でもありだけど、残念ながら俺はそれには該当しない。

「どういう経緯を辿って結婚することになったん？」

「経緯？」

「うん。作家と編集者ってどうやって付き合うわけ？」

「あー……別になんもないけどな。ちょっとした集まりみたいなのでちょくちょく会うようになって仲良くなっただけやから。そんなおまえが求めてるようなラブロマンスは別にない」

「いや、別にラブロマンスは求めてない」

真顔で言い合った冗談に二人で笑う。自分でも驚いたのだけど、前は会っても対等だった清田に対して若干自分が上になったような感じがあった。結婚するというたかがそれだけのことで独身の人間よりもまっとうになったように思えてしまう。マラソンで一緒に走ろうと言っていた相手を裏切ったみたいな気分だった。別に仲の良さは変わらないと思うけど、道が分かれたという意識はある。

「っていうかおまえ何があったん？　なんで結婚しようと思ったん？」

清田がいぶかしがるのは当然で、たしかに俺は自分でも結婚できないんじゃないかと思っていた。今まで何人か彼女はいたが、それなりに長く続くわりにはどれもまるで結婚に結びつかなかったからだ。じゃあなんで決断できたのかと言われたら、もちろん三十が近いという年齢のこともあるけれど、それ以上にこれまでとは違う関係を相手と築けたことが大きい。

「自然と意見を尊重できるっていうのかな、何を聞いてもそういう見方もあるなって素直に思える人やったのよな。こういう言い方はあれかもしれんけど、なかなか難しいやん、相手の話を聞く価値があると思うのってさ」

「あー、それめっちゃわかるわ。正直彼女ってその部分がなくても成り立つもんな」

今考えればひどい話だと思うけど、俺はこれまで付き合ってきた人たちの話を本当の意味で聞いていたことなんてほとんどなかった。聞くには聞いていたと思うが、それは自分が好かれるためにやっていたのであって、知りたいという気持ちをちゃんと持って耳を傾けていたわけではなかったのだ。問題は清田の言う通り、それがなくても付き合えていたところにある。将来を思い描けなかったのは、結局上辺の部分しか相手を見ていなかったからだろう。

「でも同じ業界ってどうなん？　やりにくくないの？」

「なんで？」

「だって俺、自分と同じデザイナーと付き合ったことあるけど、けっこう面倒臭かったもん。たしかに楽な部分はあるけどさ、仕事が同じで歳も近かったりすると張り合うやん」

「あぁー……まぁそういう面はあるかもな。でも作家と編集者って全然別の生き物やから」

表向きにはそう言いつつも、俺も張り合っている部分はあった。性格的なものもあるのかもしれないが、里奈とは歳がひとつしか違わないから、素直に弱みをさらけ出せないし、仕事で迷ったときの相談もほとんどできない。里奈は愚痴を言っても相談はあまりしないタイプで、俺が何か心の迷いを話そうものなら、面倒臭いという空気を露骨に出す。でも俺はどちらかと言えば、弱ったときは女の人に背中をばしんと叩いてほしい人間なのだ。だから「早く寝たいんだけど」みたいな顔をされると、ナイーブな動物みたいに穴にこもって落ち込むことしかできなくなる。

清田と別れてから、帰りの電車の中であらためて里奈との結婚について考えた。もう秋には式を挙げるから深く考えないようにしているが、現実的な問題をひとつひとつ見ていくと「本当に結婚するのか？」という疑念が湧いてくる。特に一番の問題は自分の仕事のことだった。書いたものを欲しがってくれる編集者が今のところいるとはいえ、作家としてどうなるかはまだ全然わからないのだ。安定という意味では里奈の方がよっぽど安定しているし、下手をすれば養ってもらうような状況にもなりかねない。

エレベーターの扉が開き、愛想のない屋外灯の照らすマンションの廊下を暗い気持ちで歩いていった。死ぬ気で仕事をすればいいだけなのはわかっているが、尻を叩かれても動かない人間であることは自分が一番知っている。

溜め息をつきながら鍵を差し込んでドアを開けると、入ってすぐのところに里奈が倒れていたので驚いた。かなり飲んできたんだろう、空気が少し酒くさい。唯一点けられている玄関の明かりを浴びながら、里奈は打ち捨てられた人形のようにうつぶせになって眠っていた。靴は片方しか脱いでいないし、去年一緒に海外に行ったときに買ったお気に入りの革のバッグも手から離れて転がっている。前にも何度かあったことなので特に心配はしなかったが、一応確かめておこうと思い、手を伸ばして里奈の口もとに近づけた。大丈夫だ。息はしている。

暗い部屋を駆けてきたナギはもうすでに里奈の帰宅を散々喜んだんだろう。俺が体を撫でてやると、耳を寝かせて小刻みに尻尾《しっぽ》を振っている。とりあえず酔っぱらいを放置したまま洗面所に行って手を洗った。薄暗いリビングに戻ったあと、この様子じゃたぶんご飯をやっていないだろうと思い、ナギを呼んで台所の下からプラスチック製の容器を出す。

コンロの上の照明を点け、その場で腰を折ってしゃがみ込み、一気食いしないように何回かに分けて手づかみでナギにご飯をやった。がつがつと食いつきのいい音を聞きながら、相変わらず玄関で倒れている里奈をぼんやり見つめる。いつも思うことではあるが、玄関で寝てしまえるそのたくましさに感心する。俺は酒を飲まないからよくわからないけれど、家に着くまで寝ない理性はあるくせに、家に着いてからベッドに行くまで我慢するだけの理性がないのが謎でしかない。家というものに対する考え方が根本的に違うのかもしれない。俺にとって玄関はあくまでも玄関だ。

再び台所でベタベタになった手を洗い、お茶を飲みたくなったので電気ポットでお湯を沸かした。急須に煎茶のお茶っ葉を入れ、沸騰したお湯を注いでふたをする。湯呑みと一緒にそれを食卓に運んだあと、リビングの壁にかかっている時計に目をやった。暗くて少し見えにくくなっている文字盤の針は一時六分を指している。

玄関で酔い潰れている婚約者を見ながらお茶を飲むのも変なものだが、他に見るものもないので食卓の椅子に座りながら一人で静かにお茶をすすった。お腹がふくれて満足したナギは俺の足もとに座って大人しくしている。自然と頭の中は帰宅する前に考えていたことに戻っていった。俺との結婚について、おそらく里奈もいろいろ言われているだろう。仕事関係者にどこまで言っているのか知らないが、「結婚されるんですよね？」とあまりよく知らない人にたまに言われることがあるので、ある程度の人には広まっているに違いない。でも俺みたいな先ゆき不安定な男が相手だと、同じ業界の人たちからあれこれ思われたりするんだろうなと思った。大丈夫なのかとか、最悪おまえが養うのかとか、まるで不良物件を抱えるみたいに見られていてもおかしくない。今まで何度も考えたことではあるけれど、自分が里奈にすごく負担をかけているんじゃないかと思うと気持ちが沈んだ。俺みたいなのと結婚して里奈になんのメリットがあるんだろう?

　思考がどんどん自己否定的になってすべてを投げ出したくなるのは俺の悪い癖だった。だったら結婚をやめればいい、と耳もとでささやく自分を押し退けて、独りになろうとするなと、弱っている心に言い聞かす。俺はもっと里奈に感謝するべきなのかもしれないな。そう思ったら、感謝の気持ちがほのかな愛しさに変化して、硬いフローリングの上で寝かせているのが少し不憫になってきた。

　湯呑みを置いて席を立ち、寝ている里奈のところまで歩いていってしゃがみ込む。里奈、と呼びかけてみたけれど返事はなかった。迷いはしたが、とりあえずベッドまで運ぼうと思い、脇の下に手を入れて抱き起こす。

「里奈、ベッドまで行くよ」

こんなふうに恋人の距離で体に触れたのはずいぶん久しぶりな感じがする。ざわつく性欲にふたをしつつも「里奈」とまた呼びかけた。

ぶん、と勢いよく裏拳が飛んできて、俺の鼻を直撃した。思わずうずくまってしまうくらいの痛さで、しばらく鼻を押さえたまま何も考えられなくなる。鼻血が出たんじゃないかと思ったが、何度か手で触ってみても血はついていなかった。のけぞって離れた体の距離がそのまま心の距離になっている。じんじんする鼻を押さえながら、おまえはここで十分だ、と見放している自分がいた。風邪でもなんでも引けばいい。

◇

鳴り続けるバイブ音で目が覚めた。枕もとに手を伸ばし、目をつぶったままどこかにあるはずのスマホを探し求める。何度か違う場所を叩き、ようやくつかんだそれを顔の前に持ってきて画面を見ると、葉子からの着信だった。うまく回らない頭でなんだなんだと考える。とたんに眠気がふっ飛んで、代わりに後悔の雨が降ってきた。ごめんなさい、と心の中で手をすり合わせながら電話に出る。

「ごめん。今起きた」

もつれる足で部屋を出て洗面所に駆け込んだ。私が起きたことに喜ぶナギが追いかけてきて、猛烈に尻尾をふりふりしながら脚にまとわりついてくる。二日酔いと、とるのを忘れたコンタクトと、着替えていない服のせいで恐ろしく気分が悪かった。朝方にベッドに移ったときになんで一踏ん張りしなかったんだろう。耳に当てたスマホからは相変わらず葉子の声が聞こえてくる。

「どのくらいで来られそう？」

「……二十分でなんとか」

絞り出すようにそう言うと、電話の向こうであきらめるように葉子が笑った。

「無理しなくていいよ。買い物って気分でもなかったし。お金もないし」

とりあえず水を飲もうとリビングに戻って食卓の上のメモに気がついた。出かけてきます。夜には帰ります。雑な字で書かれたそのメモを見つめながら「じゃあウチ来ない？」と電話の相手にもちかける。葉子は「いいの？」と訊き返してきた。声にほんの少しだけ好奇の色が混ざっている。

「いいよ。今日、彼いないから」

家までの道のりを説明し、わからなかったら電話して、と追記のメールを送ってから食卓の椅子にへたり込んだ。いまだに私についてきてお腹を見せている健気なナギをようやくのことで撫でてやる。うつむくと頭の血管が鼓動に合わせてズキズキ痛んだ。でもあまりゆっくりもしていられない。

シャワーを浴びて服を着替え、どうにか人に会える状態になったところでインターホンの音がした。来客に吠えまくるナギを注意しながらモニターを見て葉子を建物の中に入れ、少し時間を置いてから玄関のドアを開けに行く。部屋着の私に比べるとずいぶんおしゃれをしている葉子は、相変わらず吠えまくっているナギに驚いて体を硬くしていた。

「何この生き物。いつ犬飼ったの？」

「彼がもともと飼ってたの。犬、大丈夫だっけ？」

「平気。っていうか大好き」

敵ではないとみなしたらしく、ナギが手のひらを返したように耳を寝かせて尻尾を振りながら駆け寄っていく。どちらかと言えばいつもクールで、表情を崩すことがない葉子が笑顔になっているのを見て、なんだか私も癒された。動物の力はすごいな、と一緒に住むようになってからよく思う。仕事で疲れて、もう何もしたくない気持ちで家に帰ってきたときでも、この子を見ると自然と私も笑顔になる。

「あれ、なんで？　意外ときれい」

客用のスリッパに足を通した葉子が部屋を見回しながら言う。リビングがいつもきれいなのは佑人がちゃんとこまめに掃除をしているからだ。でもいわゆるおしゃれな空間ではなく、単に物が片づいていて、床や棚に埃が溜まっていないだけだった。言ったら悪いが、あの人に部屋をセンスよく整える能力はない。それは佑人の着ている服を見ればわかることで、飾ることにあまり才能がない人だった。そんなに安いものを着ているわけではないのだけれど、自分のスタイルというものをほとんど持っていないのだ。

「何飲む？　コーヒー、紅茶、日本茶、水」

「紅茶かな」

電気ポットに水を入れようとしてコンロの上の片手鍋に入ったみそ汁が目に入る。そういえば朝食をまだ食べていなかった。でもまぁ今はしょうがない、あとで食べよう。戸棚を探ると、佑人が買ったらしいクッキーがあったので、それを皿に出して食卓に運んだ。

「なにげに久しぶりだね。結婚の準備はどんな感じ？」

「あー、ちょっと前に式場おさえた」

「あっそう。どこでやるの？」

場所の名前を答えながら、普段は飲まない、ちょっと高めの紅茶の葉っぱを用意する。缶に入った茶葉のいい匂いを吸い込むと、ナギが足もとに来て期待のこもった目を向けた。私が台所に立つと何かもらえると思っている。たまに料理をするときに野菜の残りを少しやったりするからだ。

「披露宴も同じ場所？」

「いや、披露宴はやらないつもり」

「しないの？」

「だって面倒臭いじゃん」

葉子は笑いながら食卓の椅子を引いて腰掛けた。見慣れた景色でも友達がいると新鮮になる。今気づいたのだけど、葉子が耳につけているピアスは私があげたものだった。三十歳のお祝いにプレゼントした、ちょっと高めの華奢なピアス。

「でもウチの親がやれって言うんだよね。今そのことで揉めてる。お金出すからやってくれって言うんだもん」

「だったらやればいいじゃない？　なんだかんだ結婚って家と家のつながりだしさ、やっとく方が丸くおさまる部分もあると思うよ?」

バツイチとはいえ、過去に結婚経験がある人に言われると、固く決めていた気持ちが揺らぐ。たしかにやらなければやらないで、いろいろ面倒が起こる気がした。

「向こうの親はどう言ってるの?」

「別にどっちでもいいみたい。わりと寛容な人なのよ」

少し前に食事会で会った佑人の家族を思い出す。父親は佑人が小さいときに亡くなっているから、顔を合わせたのはお母さんと二人のお姉さんだった。お母さんはもの静かな人で目もとが佑人とよく似ていた。個人的には二人のお姉さんの方が厄介だった。どちらも愛想は良かったけれど、女の人の愛想の良さは親睦という名の詮索だ。どう思われているかはわからない。

「一度彼に会ってみたいな。里奈と結婚する人ってどんな人なの?」

「何その言い方。人を不良物件みたいに」

「いや、あんたなかなかの不良物件だと思うよ。周りからはそう見えないだろうけど」

自分でもちゃんと自覚はしている。私は結婚向きの女じゃない。一般的な男性が妻に求めるイメージをことごとく裏切るタイプの女だ。今まで付き合ってきた人は適当にごまかしてきたけれど、佑人と同棲を始めてからはまったく繕わなくなった。掃除はしないし、料理もほとんど作らない。気を遣わないことと女を捨てることはけっこう近いものがあって、おしゃれは佑人以外の人のためにするものになったし、家ではノーブラでいるのが普通になった。それで受け入れてもらっているのだから、楽と言えば楽ではある。

「たしかに同居人としては助かることが多いんだよね。掃除もしてくれるし、ご飯も作ってくれるし」

「うっそ。ご飯まで作ってくれるの?」

「すごいよ。京都の男って感じだよ。がっつり男の料理じゃなくて、おばんざいが小皿で何品も並ぶの」

すげー、と葉子が目を見開くので一緒に笑う。私も初めて見たときは驚愕した。できる嫁かと突っ込みたくなるような品数の多さとバランスの良さ。おまけにお揃いのランチョンマットと、季節によって換えるという箸置きまでついてきたのだから絶句するのも無理はない。私が陰で佑人のことを「おばんざい野郎」と名づけたのもそのためだ。

「でもじゃあけっこういいのつかまえたんだね。良かったじゃん」

「そんなことないよ。不満はあるし」

「たとえば？」

「仕事が微妙。働いてんのかサボってんのかわかんないんだもん」

「どういうこと？」

「いや、作家だからさ、もっと書けばいいと思うんだけど、全然書かないんだよね」

「じゃあどうやって生活してんの？　まさか里奈が養ってるの？」

「ううん。あの人デビュー作が当たったからその貯金がけっこうあるのよ。だから今はそれを切り崩して食べてる状態だと思う」

お金の管理は別々にやっているから詳しいことはわからないけど、佑人の仕事のペースを見ていれば食べていけないのは明らかだった。普通の作家は年に最低三冊か四冊は本を出す。それだけで生活できない人は他に職を持っているし、もし作家一本でやるつもりなら、めちゃくちゃな量の仕事をこなすか人気作家になるしかない。あの人は今現在お金があることに甘えているのだ。おまけに普通の会社で働いた経験が一度もないから、社会をどこかなめている。

「ふーん、なんかいいのか悪いのかよくわからない人だね」

葉子の的確な批評に思わず笑った。その通りだ。いいのか悪いのかわからない。

いつのまにか部屋の空気が居心地のいいものになっていて、最近では珍しくリラックスして他人と喋っている感じがした。寺島さんにも相談に乗ってもらったりはしたけれど、会社の先輩に聞いてもらうのとプライベートの仲のいい友達に話すのとでは気楽さのレベルがずいぶん違う。一度ゆるんだ気持ちをあえて引き締める必要は感じなかった。口につけていたカップをソーサーに戻して、一呼吸置いてから葉子を見る。

「ねぇ。笑わないで聞いてほしいんだけどさ」

「何？」

「私、マリッジブルーかも」

笑うなと言ったのに葉子は盛大に噴き出した。似合わないことを言っていると思っているんだろう。自分でもバカみたいだとわかっているけど、それ以外の表現が見つからない。

「何に対してのブルーなの？」

「何って結婚に対してよ」

「具体的によ」

具体的？　相手が同じ業界だからとか、披露宴をするかどうかで揉めていることの煩わしさはあるけれど、実際にはそれだけじゃない。人生が定まっていくことに対しての不安感。いや、もっと漠然とした、言葉にならない憂鬱さ。

「私、ホントにあの人のこと好きなのかなって思うんだけど、それは普通？」

「うーん、よくある症状なんじゃない？　ホントにこの人でいいのかってことでしょ？」

「じゃなくてさ、もともと彼のことそんなに好きじゃないのかも」

「そうなの？」

葉子は驚いたようだった。そんなに好きじゃないなんて言い方がちょっと冷たすぎる気もしたけれど、それくらいの方が自分の気持ちの核心を突いている感じもする。

「なんていうか、ただ付き合ってて、思いのほか楽で、プロポーズされて、つい受けちゃったみたいなさ。それで今に至ってるわけなんだけど、どうしたらいいかな？」

「どうしたらいいかなって訊かれても。あんたが結婚決めたんでしょ？」

そうなのだけど、そのときの自分を小一時間問い詰めたいくらいには気持ちが薄れてしまっている。結婚するのを本気で嫌がっているわけじゃない。相手としても合格点なんだろうなとは思う。でもあの人でいいのかという疑念がずっと消えなくて、目を向けると気持ちがざわついてしまうから、最近ではあまり考えないようにしている。

夕方から用事があるという葉子を玄関で見送ったあと、お預けにしていた朝食をようやく食べた。なんだかんだ佑人が毎日用意してくれるご飯を食べながら、温かいみそ汁の味が奥行きのない平坦なものになっていく。こういう日常がずっと続いていくことを私は望んでいるんだろうか？　居心地だって悪くないし、自分のままでいられるけれど、そういう生活が好きなのかどうかが今の私にはわからない。

✦

里奈が休みで家にいる日はたいてい出かける。俺は毎日家にいるし、里奈だって休みの日くらいは一人で家を占領したいだろうと思うからだ。それに俺がどこかに行かないかと誘っても里奈にはまず断られる。昔はデートらしいこともしていたが、同棲を始めてからはほとんど一緒に出かけることもなくなった。女って変わるんだなと最近は思う。まぁもともと一人で出かけるのが嫌いじゃないから、二人で外出しなくなったことに不満を持っているわけではないけれど。

買い物を終え、百貨店の優雅なアナウンスを聞きながらエスカレーターを降りたところで、高級ブランドのロゴが視界に入った。自分にとって馴染み深いそのブランドのロゴから記憶が引っぱり出されて、里奈にプロポーズした夜のことが思い出される。プレゼントした婚約指輪。特に欲しいと言われていたわけではなかったし、相談もなしに選んでいいものだろうかと悩んだが、やっぱりサプライズで渡したかったので一人で店に買いに行った。

前に何気ない会話の中で、そこのブランドが好きだと聞いていたから店選びに迷いはない。でも高級感のある店内に今まで味わったことのない場違いさを感じて、接客をされてからも尋常じゃないほどの汗をかいた。比較的気が合った店員さんと一時間半くらい話し込み、最終的にはシンプルながらもほんのちょっと女性的なデザインのものに決めたのだけど、包んでもらっているあいだは本当に良かったのかなという迷いがとれなかったし、なんだか身の丈に合わない金の使い方をしてしまったような気がした。渡すまで家に置いているあいだも、妙な罪悪感にとらわれていたのを覚えている。

プロポーズをいつどこでするかもかなり悩んだ。勘のいい里奈に気づかれたくなかったし、ロマンティックで大掛かりな演出を用意できるほどイケメンな性格はしていない。なのでなるべく日常っぽいシチュエーションにしようと思い、当時まだ一人暮らしだった俺の家に里奈が遊びに来たときに、タイミングを見計らって言うことにした。結局二人で映画のＤＶＤを観たあとにプロポーズしたのだけれど、そのときに観た映画の内容を俺はまったく覚えていない。観ているあいだは「断られたらどうしよう」とか「指輪を気に入ってもらえなかったらどうしよう」ということばかり考えていた。

映画が終わってエンドロールが流れだすと里奈は大きなあくびをした。そのあとのひどくゆるんだ顔を見る限り、感づかれてはいないらしい。名前を呼ぶと、里奈は首をひねって眠そうな目で俺を見た。部屋の中はシェードのついたフロアライトしか点いていないために薄暗く、二人で並んで座っているソファの上にもゆったりとした居心地のいい時間が流れていた。

「ちょっとお願いがあるんやけどさ」

「何？」

「結婚してくれへんかな？」

里奈はリモコンで一時停止を押されたみたいに動かなくなり、数秒ほど固まったあとで「え？」とようやくうろたえた。俺が何も言わずにいると、本気で言っているのがわかったらしく、徐々に口を横に広げて笑いだす。俺も釣られて笑ってしまい、心臓は活発に動いていたが、引かれなかったことにホッとした。やっと笑いをおさめた里奈が、区切りをつけるように胸に手を当てて息を吐く。

「返事は？」

「……はい」

そのときの異常なまでの幸福感を、俺はたぶん一生忘れることはないだろう。誇張ではなく、本当に世界が変わった感じがした。自分の存在が全肯定され、嬉しさでにやつきが溢れて止まらなかった。そしてそのまま勢いに乗って、ソファの隙間に見つからないように隠していた紺色のリングケースを取り出した。

「一応こんなもんも用意したんやけど……」

開いて見せると、指輪は予想していなかったのか、里奈は目を丸くして言葉を失っていた。しかも自分の好きなブランドを俺が覚えていたことにちょっと驚いているらしい。勝手に選んだことを詫びると、口に手を当てたまましきりに首を振っている。里奈はリングケースに収まっている、俺が散々悩んで決めたダイヤの指輪を、まだ信じられないといった様子で見つめていた。

「はめてみてもいい？」

「もちろん」

指輪を取り上げ、里奈の手を取り、薬指にゆっくりはめた。さっきからまるで現実味がなく、気分がふわふわしているせいで、自分の手がやっている動作だとは思えなかった。サイズはちゃんとぴったりで、そのことにまた里奈が驚く。ひとしきり二人でにやにやしたあと、里奈は自分の薬指の上で光る指輪を嬉しそうに眺めてから「ありがと」と俺の顔を見て微笑んだ。

バカなのは重々わかっているし、勝手にやってろと呆れられるのを承知の上で告白するなら、指輪をはめて笑っている里奈はびっくりするほどきれいだった。婚約指輪をつけた女の人がこんなにきれいになるなんて知らなかった。買ってよかったと心底思った。自分の胸の内だけにしまっておくようなのろけ話だとわかっているけど、そんな幸せな記憶があのブランドにイメージとして残っている。

そういえば結婚指輪っていつ買うんだっけ?

ふとそんなことを思いつき、iPhoneを出して調べてみた。検索結果が画面に表示されるや否や、メールの着信を知らせる小窓が開く。多田くんからだ。「今日の夜はお暇でしょうか?」と書かれていて、わりと久しぶりだったので嬉しくなった。特に予定はない、と返すと、二十秒もしないうちに返事が来る。「じゃあちょっと相談にのっていただけますか？」という文面だった。なんのことだかよくわからない。とりあえずＯＫの返信をして、里奈に夕食は外で食べることをメールした。

ときどき二人で遊んでいる多田くんは俺がデビューした出版社で営業の仕事をしている。四つ年下の二十五歳で、二作目の小説が出たときに一緒に書店回りをしたのが知り合ったきっかけだった。担当区域ごとに営業の人が交代しながら付き添ってくれたのだが、その三番目の区域を案内してくれたのが多田くんだったのだ。驚いたのは引き継ぎ場所で待っていた彼がボクシングでフルラウンドを戦ったあとみたいに憔悴しきった状態だったことだった。話を聞くと前の晩に恐ろしい量の酒を飲んだらしく、頭が割れるように痛いと言う。

「でも大丈夫です、ちゃんと案内しますんで……」

そう言いながらも多田くんは俺の横であやまって感電してしまった魚のようにぐったりしていた。書店で挨拶をしているときも、こっちはいつ吐くかと気が気じゃない。書店員さんもみんな引いていたんじゃないかと思う。でもどうにか無事に終わって、後日新刊の取材で出版社に出向いたときに多田くんが俺のところに謝りに来た。彼は俺が使っていた応接室に入ってくるなり勢いよく頭を下げて謝罪した。

「すんませんでしたーっ！」

こういうのはかなり意地が悪い見方だとは思うけど、俺は人がどういう謝り方をするかでその人を判断しているところがある。自分のプライドを守りながら謝るのか、すべてを投げ出して相手に誠意を見せるのか、謝り方にはその人の他人に対する基本姿勢がうかがえるように思う。だから人目も気にせず全力で頭を下げた多田くんを見て、その実直さと迷いのなさに好感を持った。以来すっかりいい印象を持って会うたびに喋るようになり、アドレスを交換したのをきっかけにプライベートでも遊ぶようになった。ご飯に行ったりビリヤードをしたり、二人で浅草にストリップを観に行ったこともある。浅草寺のご本尊が秘仏でたまにしか開帳しないのは、ストリップのご開帳とリンクしているに違いないと多田くんが言うので、あのときは笑いが止まらなかった。

「で、なんの相談なん？」

居酒屋で食べ物のメニューを開きながら水を向けると、多田くんは「聞いてもらえます？」と顔をしかめた。目鼻立ちがはっきりしていて、造りはいい方なのだが、それを利用する気がないせいで野暮ったいイケメンに留まっているあたりが多田くんのちょっと惜しいところだ。

「最近、片想いしてるんすよ」

「ほう」

「でも全然振り向いてもらえないんです。どうしたらいいと思います？」

なんとも漠然とした訊き方に戸惑いつつも、とりあえず相手は何をやっている人なのかと質問した。相談を受けた人間として当然のことを訊いたつもりだったが、多田くんはなぜか「えっ」と困惑して口ごもっている。

「それ言わない方向でもいいですか？」

「いやいや、待って。どういうこと？　ひょっとして俺の知ってる人？」

多田くんは答えずに黙っている。急に面白くなってきて「マジで？」と身を乗り出した。

「誰、誰、誰？」と中学生みたいなノリになって訊いてしまう。

「言わないでくださいよ？　藤倉さんです」

「えぇーっ！」

顔は全開で驚きのリアクションをしたのだけれど、内心では腑に落ちた。多田くんと同じ出版社に勤めている、俺より三つくらい年上の超美人な編集者だ。俺も初めて見たときはびっくりした。艶やかな黒い髪と、夏の風鈴を思わせる涼しげな目もと。笑うと右側に八重歯が見える。たまに出版社で会うと俺も緊張するし、決してはつらつとはしていない、でもどこかに祝福を感じる笑顔を向けられると落ち着かない。一緒に仕事をしたことはないけれど、前にサイン本を作るときに同じ部屋に二人きりで一時間一緒にいたことがあって、そのときはずっと変な汗をかいていた。本を開いて用意してくれるほっそりとした指がきれいで、隣からは絶えずいい匂いがした。

「でもまぁあの人はちょっと無理なんちゃう?」

「やっぱり無理ですかねぇ?」

二人で揃って弱気になるのには理由があって、彼女はあまりに外見がきれいすぎるのだ。それにとっかかりをつかむのが難しい。喋ればそれなりに笑顔で返してくれるのだけど、何を話しても本気で食いついてくる感じがない。まぁそれは単に俺が好かれていないだけなのかもしれないが、そういう部分を差し引いても、底の見えない感じが恐ろしかった。頭のいい美人は自分に向けられる視線がどういう性質のものなのかを実によくわかっている。好意や悪意を他の人よりも多く感じながら生きているのだ。興味を持たれることに慣れているし、生半可な気持ちでは到底付け入る隙もない。

「いや、ホントそうなんですよね。後輩としか見られてなくて。完璧な片想いなんです」

「ちょっと相手が悪いわ。なんでまたそこにいったん？」

「しょうがないじゃないですか。なんとかならないですかねぇ。僕、最近会社行くのつらいんですけど」

うなだれている多田くんを見ると笑ってしまう。たしかにかわいそうではあるけれど、一方ではまぁ良かったんじゃないかという思いもあった。恋をすると精神的にはきついことも多いけど、自分の世界に無視できない「もう一人の人」が入ってくるのは決して悪いことじゃない。ちょっと偉そうかなと思いながらそのことを伝えると、多田くんは理解できなかったのか「もう一人の人？」と顔をしかめた。

「すげー好きになったりとかさ、大事やなって思う人ができたりするとそうならへん？一人やったはずの自分の世界にもう一人の人が入ってきて、どうあがいても無視できんくなる。そういうのって素敵なことやと思うのよな。身軽ではなくなってしまうけど、その分得るものも大きいっていうか」

「えー、なんすかその無理やりなプラス思考は」

多田くんがどん引きするので「別にプラス思考じゃないよ」と笑った。

「そういう人が一人もいいひん人生はすごい寂しいんじゃないのって思うだけ」

事実里奈に出会うまで、俺の人生はそれに近いものだった。今まで何人か彼女はいたし、どの人とも一年以上付き合ってきたけれど、自分の世界の中にこんなにも強くもう一人の人がいると感じたことは正直一度もなかったのだ。もちろん束の間そう感じることはあった。付き合っている相手のことを大事だと思うことは当然あった。でも心の中に常にその人がいるというような感覚を持てたのは里奈が初めてだったのだ。それまでの俺は、言うなれば一人の世界の中で生きていた。

「そういう感覚って男の人にはけっこう強いんじゃないのかな？　まぁ多田くんはちょっと違うかもしれんけどさ」

「はい。全然わかんないですね」

気持ちがいいほどの否定のしようだ。でも俺の周りの男友達はそういう人が多い気がする。自分の世界に自分一人しかいない人。男で結婚を渋る人が多いのは、案外それが原因なんじゃないかと思わなくもない。

「じゃあ好きに片想いしてろってことですか」

多田くんがふてくされて言うので「そういうわけじゃないけどさ」と笑って言った。たしかに今まさに恋をしている人に「苦しいのもいいんじゃないの」と諭しても何の助けにもなりはしない。だからそのあとはなるべく力になろうと、高校生の恋バナのような多田くんの恋愛話をただ延々と聞いていた。恋には吐き出しが必要なのだ。ぶつける先のない思いがどんどん湧いているような状態だから、なるべくそれを吐き出さないと一人で悶々としてしまう。

意識的にそうしたわけではなかったが、実らなさそうな恋をしている多田くんと自分の現状を比べたら、十分幸せなのかもしれないなと思いながら家路についた。いつもと同じ帰り道がなんだか嬉しいものになる。

「ただいま」

玄関のドアを開けて中に入ると、出迎えたナギが短い尻尾を左右に振る。食卓でノートパソコンを開いている里奈は無言のまま画面を見ていた。今日は一日家にいたんだろうか。部屋着姿で、コンタクトをしていないとき用のメガネをかけている。

「ごめん、遅くなって。飯食った？」

「まだ」

「なんか作ろっか？」

「ううん、いい。適当に作って食べるから」

画面から目が離れない。集中しているのかと思ったが、どことなく機嫌が悪そうに見えた。何かしたかなと記憶を掘り返しながら洗面所へと移動する。手洗いとうがいを済ませ、もう一度リビングに戻ってナギの散歩に行ったかどうかを尋ねた。

「あ。ごめん、行ってない。ご飯はあげた」

「そう。じゃあ散歩行こっか」

視線をナギに移して言う。リードのついた首輪をつけ、ビニール袋と適当な長さに切ったトイレットペーパーをズボンのポケットに押し込んだ。玄関で靴を履いたところで里奈に訊かなければいけないことがあったのを思い出す。

「結局披露宴どうなった？　予約の問題もあるしさ、やるならそろそろ決めへんと」

「あぁ……」

里奈の視線が横に流れる。返ってきたのは最大限に消極的な「どうにかする」という返答だった。少し気になりはしたけれど、とりあえず了解した旨を伝えてナギと一緒に家を出る。自分の世界にもう一人の人がいることは幸せだ、と多田くんに偉そうに説いていた自分が頭に浮かんだ。今この瞬間を見られたら、全然良くないじゃないですかと眉をひそめられても仕方がない。

◇

小さくて何も喋らなくても、ペットの存在感ってけっこう大きい。佑人が出ていったあとの部屋の中にはナギの不在感がただよっていた。さすがにお腹が空いてきたので何か食べようと席を立つ。台所の戸棚を開けてみたけど、食べたいと思えるようなものは何もなかった。コンビニでも行こうと思い、コンタクトをつけに洗面所に行く。でも結局面倒になってメガネのまま財布を持って家を出た。秋の宵の涼しい風が柔らかに肌を撫でていく。

静まり返った夜道を歩き、眩しい光に吸い寄せられるようにセブン-イレブンの中に入った。お菓子のコーナーに行く途中、雑誌の棚の前で立ち止まる。よく読んでいるファッション雑誌を手に取って、しばらくそれを立ち読みした。本棚に再び戻したところで、下の段に積まれている結婚情報誌が目に入る。

本の重みを感じつつも適当に開いたページには〈家事を手伝う夫に育てる！〉という見出しがついていた。男の人に家事を手伝ってもらうには結婚する前から早めに教育する必要があり、とにかくやってもらうたびに必ず誉めて、手伝うことが気持ちのいいことなんだということを刷り込んでいかなければいけないらしい。これを読んだ男の人はどう思うんだろうと失笑しながら、軽い優越感を感じている自分がいた。家事を苦にしない佑人のおかげで、きれいな家でいつもちゃんとしたご飯が食べられるのは本当に助かる。結婚式の準備にも協力的だし、そのへんは当たりだな、と思いながら他のところも流し読みした。〈私たち、こんなことをやりました！〉というページでは、結婚式や披露宴で用意したオリジナルの演出が顔写真と共に紹介されている。こういうものを見たときに感じる漠然とした入れなさはなんなんだろう？　別に向こうから拒絶されているわけでもないのにぶつかってしまう壁。たとえ披露宴をやったとしても、私は凝ったことなんて何もしたくない。入場曲を決めたりするのも恥ずかしくて仕方がない。

でもなんでそういう催しが嫌いなんだろう？

本を棚に戻し、お菓子コーナーに移動しながら考えてみた。そういえばホームパーティーとかも一度も開いたことがない。ああいうことを平然とやってのける同性を見ていると、ふところが深いなといつも感心させられる。私にはおもてなしの精神がないのかもしれない。それに私の優しさには、常にある種の媚《こび》が混ざっている気がする。

お菓子コーナーに移動して棚に並んだ色とりどりのパッケージを眺めていると、佑人に言われたことが思い出された。そういえば披露宴をどうするか決めなきゃいけない。その労力を想像するだけでも気が滅入ったが、その件に関しては私が動くしかしょうがなかった。これはウチの家の問題なのだ。

翌日、昼の三時くらいに家を出て、電車で三十分くらいのところにある実家に帰った。閑静な住宅街を十分ほど歩いてキィッと音がする黒塗りの門扉を開き、ほとんど使うことのない実家のドアの鍵を差し込む。ドアを開けると入ってすぐ右側にある階段から妹が勢いよく駆け降りてきた。出かけるのかおしゃれをしていて、黄色い花柄のワンピースの上にコンパクトなGジャンを羽織っている。玄関で向かい合うと、私が年齢的につけられない甘い香水の匂いがした。

「入れ違いだね。夜までいるの？」

「いや、夕方に帰る」

「そうなんだ。じゃあ会えないね」

妹は用意していたミントカラーのスニーカーに足を通した。手に持っている高そうなクラッチバッグをちらりと見てから通れるようにスペースを空けてやる。いってきます、と軽やかに言って妹は家を出ていった。いってらっしゃい、と応えた自分がなんだか少し間抜けに思える。

今も実家暮らしをしている妹。私がこの家を出たことで娘という立場が得られる利益を独占している。あのバッグもきっと父に買ってもらったんだろう。甘えるのが上手な妹を見ていると、自分はかわいくない子どもだという思いが強くなる。

「ただいま」

「あぁ、誰と話してるのかと思った」

玄関での会話が聞こえていたんだろう、キッチンにいた母親は白い花瓶に色鮮やかな花を生けていた。落胆に近いと言ってもいいような現実味のある存在感。母親は相変わらず母親のままだった。久しぶりに帰ったせいで家の中が変に感じられる。四人掛けの食卓、母のお気に入りの食器がおさめられた食器棚、オーダーメイドのカーテン。すべて見慣れたものなのに、ひとつひとつのものがやけに主張している感じがした。

「お父さんは？」

「出かけてる。夜までいるんでしょ、帰ってくるわよ」

「ごめん、今日は飲み会の約束がある」

「食べていかないの？」

驚いている母親を見ないようにして食卓につく。それで少し落ち着いた気もしたけれど、まだ馴染めていない感じもした。たとえ同じ自分の家でも、住んでいる人間が違うと空気が違う。なんにせよ長居するつもりはないので話を切り出すタイミングをうかがった。ケンカ腰にならないように「披露宴のことだけどさ」となんでもない感じで話し始める。

「した方がいいっていうのはよくわかるの。でも今ちょっと仕事が忙しくて、とてもじゃないけど準備するだけの時間がない。毎日終電で帰ってるような状態だし」

母親は「そうなの？」と訊き返しながら食卓にやってきた。正面の椅子を引いて座ったので面と向かい合う格好になる。冷めているのにじっとりとした視線を肌に感じた。まだ何も言っていないのに責められているような感じがする。

「それならウェディングプランナーに頼めばいいじゃない。私の知り合いの娘さんも依頼したって言ってたわよ」

「うん、それも考えたんだけど、プランナー雇っても結局決めるのは私たちだから打ち合わせはしょっちゅうあるのよ。だからどっちにしろ厳しいの」

食卓の上にあった新聞を手に取って読むフリをする。いつからだろう、この人とはまともに話せないと思うようになったのは。常に反論を用意して、折り合うのが難しいことを前提にした上で会話を交わすようになっている。でもそうするのは母親がすべてを自分の思い通りにしたい人間であることを知っているからだ。私の言う通りにしておけば間違いない、頑なにそう信じていろんなことを押し付ける。

子どもの頃はもっと大人しく言うことを聞いていた。でもいつからか我慢ができなくなって、心の中にレンガを積み上げていくように少しずつ壁を作ってきた。髪を染めたりピアスを開けたりはしなかったけど、明確な形で出ない方が身の内の反抗を大きく育てることもある。この人は母親という立場を利用している。そこに付随する権力をふりかざして、私の人生を監督せずにいられないのだ。

「佑人さんは？　向こうのご両親はなんておっしゃってるの？」

「してもしなくてもどっちでもいいみたい。ただ佑人もそんなに乗り気じゃないの。仕事忙しいみたいだし、もともとパーティーとか苦手な人だから」

使える嘘はなんでも使う。でもとりあえず牽制はできたという感触もあった。あとは何を言われても「難しい」の一点張りで時間切れになるのを待てばいい。

沈黙を埋めるみたいに柱時計が鐘を四つ打ち、それが吸い込まれてしまうと食卓はまた無言になった。母親は私の言っていることに明らかに不満を感じているようだった。なんでこの子はわからないだろうと言わんばかりに溜め息をついている。

「っていうかあなた、披露宴のことだけじゃないわよ。前から言ってるけど、本当にいいの？　あの人と結婚して」

またその話題かとイラッとくる。母親は作家という不安定な仕事をしている佑人との結婚を最初から好ましく思っていないのだ。私も普段は佑人の仕事に不満を感じているくせに、こうして言われるとなぜか味方につきたくなる。

「今は大企業に勤めてても一緒でしょ。先行きがどうなるかなんてわかんないよ」

「それはそうだけど、ちゃんとした学歴のある人だったら再就職もできるじゃない。お母さんネットで調べたけど、あの人専門学校しか出てないんでしょ、そんなの高卒と一緒よ？　作家で食べられなくなったらどうするの。あなたが養うことになるのよ？」

どうにか抑えていた感情がそれで一気に決壊した。体と頭が一瞬で沸点に達したみたいに熱くなる。そうやって調べたりするところが嫌なんだ。きっと学歴の他にもあれこれ見ているに違いない。

「私には私の好みがあるの。もし食べていけなくなっても、あの人ならちゃんと何かしら職を探すよ。そのことで別にお母さんに迷惑かけないし、お金だって借りたりしない。だから別に関係ないでしょ」

「関係ないってどういうことよ。私はあなたのためを思って言ってるのよ。今はまだ若いからそんなことが言えるのよ」

「じゃあお母さんは私が名のある大企業に勤めてる全然好きでもない人と結婚する方がいいってこと？」

「そんなこと言ってないじゃない。私はただ将来がわからない人と結婚するのが心配だって言ってるだけよ」

怒鳴り散らしたい気持ちがうねりながら体の中を駆け巡る。でもここでキレたら負けだ。毒を抜くように小さく息を吐き出して「今日は帰るね」と穏やかな顔を作って言った。椅子から立とうする私を見て「まだ話は終わってないわよ？」と母親がそれを引き止める。

「わかってるよ。でもこんな言い合いしたってどうにもならないでしょ」

玄関で自分の靴を履きながら、冷たく硬いものが胸を圧迫していくのを感じた。いつものことだと気にしないように目を閉じてドアを押し開ける。門扉を開いて歩きだすと、せわしく入れ替わるふたつの足が自分のじゃないみたいに思えた。私はあの人に一度も誉められたことがない。意見を尊重してもらったこともない。

「このお店、けっこう当たりだね」

汚さと居心地の良さが同居した雰囲気のある老舗の鉄板焼き屋に私たち以外の客はなかった。昼間に何があったか知らない人たちと顔を合わせると少しは気持ちもやわらいでいく。でもそうは言ってもまだ苦味は残っていた。何よりお酒がおいしくない。

「結局披露宴はどうすることにしたの？」

横にいた装丁家の人が私に訊くので、まぁある程度までならいいかと思い、今日そのことで親とケンカしてきたことを笑い話になるように打ち明けた。この会の幹事をしてくれている寺島さんには結婚そのものを迷っていることを話しているけど、そこまで明かせるほど距離感の近くない人もいる。酒のつまみになるプライベートの話題はもちろんみんなの好物だった。ハトにパンくずをまいたみたいに周りの人があっという間に私の不満を食べていく。

「でも披露宴やらないのって最近けっこう増えてきたよね？」

「そうそう、お金もかかるし。私だったらそのぶん他のところに使いたい」

自分が話題を提供したのに、誰かが熱心に喋りだすと興味をなくしてしまう癖がある。こんなふうに一人で冷めていくときに思い出すのは、まだ付き合う前に佑人と二人で共通の知人の飲み会に参加していたときのことだった。会った当初から感覚の合う人だなとは思っていたが、飲み会の場に佑人がいると、特に言葉を交わさなくても似たようなことを考えているなとわかるときがよくあった。私が今みたいに「つまらない」と思っているときも佑人はそれに気づいていて、そういうときは二人で目を合わせたし、テレビの副音声を楽しんでいるみたいな気分になった。いつも共犯者の仲間がいるような居心地のいい安心感。まぁ、かといって今この場にいられたらやりにくくてしょうがないけど。

「あ、飯塚くん来た」

その声でうしろを振り返ると、店の入口から入ってきたイラストレーターの飯塚さんが手を上げていた。一緒に来たもう一人の男の人を見て、好奇心の芽が顔を出す。目鼻立ちのくっきりとした整った顔。背が高く、少し痩せ気味ではあるけれど、体つきは華奢ではない。ツーブロックにした髪を左右に上品に分けていた。迎えた人全員が「誰？」と興味を持っているのがわかる。

「知り合いの写真家さん連れてきた。多賀谷くん」

飯塚さんが紹介する。軽く頭を下げた多賀谷さんという人は「はじめまして」と低い声でそう言った。押し隠した好奇心はそのままに、はじめましてー、とみんなから間延びした声が飛ぶ。

まだまだ空気が浮き立っている感じはあったが、新しく来た二人は空いている席に並んで座った。すぐ隣に男前がいるせいで、飯塚さんがいつもよりブサイクに見えるのは致し方ない。年齢の話になって、多賀谷さんは私よりも四つ上の三十三だということが判明した。

「写真家さんって、どういう写真を撮られてるんですか？」

先陣を切って寺島さんが質問する。初対面の人に対する気づかいというよりは個人的な興味の方が強いように感じたが、こういうときはそのアグレッシブさがありがたかった。どんどんやってくれと無言の声援を送り続ける。一人のところにみんなの興味が集中していた。女の人は私が見る限り全員そうだし、男の人もそらそうなるわなという感じで聞いている。

「いろいろですけど、最近は何か限定的なものを集めて撮っていることが多いです。世界中のドアばかりを撮ったりとか、足を撮ったりとか」

「足？」

「いろんな人の足だけを撮るんです。国籍も性別も関係なく」

へぇー、と場がなったところで「けっこう評価されてんだよ」と飯塚さんが口を挟んだ。外国で賞をとったりもしているらしく、さらに感心の声が増す。場がミーハーっぽくなっているのが気になったので自分は少し意識を逸らした。残っていたサラダを手もとの小皿にさらえながら、一応それなりに話を聞いているフリをする。

「じゃあ向こうで主に活動されてるんですか？」

「そうですね。でも写真を仕事にしだしたのは最近なんです。もともと撮ってはいたんですけど、趣味で撮り溜めていた程度だったので……」

一対一ではなく、周りに人がいるからこそ冷静に見られることもある。黙っていられるのをいいことにいろいろ観察したのだけれど、多賀谷さんはなかなか魅力のある雰囲気を持つ人だった。表現者特有のマグマのような熱量をどこかに感じはするものの、そのどろっとしたものが、目の輝きや、姿勢の良さや、聡明そうな喋り方でうまい具合に覆われている。おまけに場に加わってからけっこう時間が経っているのに、いつまでもいい意味で場に馴染んでいなかった。それは私の知る限りでは、大御所の作家さんや売れている芸能人なんかが持つオーラに近くて、もちろん私が興味を持っているからというのもあるんだろうけど、そういうのを差し引いても欠点が見えにくい人ではあった。喋っても減点がないどころか、むしろアップするタイプの男。二十九年も女をやっていれば、そんな男がどれだけ少ないかは知っている。

いつものぐだぐだした空気にはならないまま場がお開きになり、全員で割り勘をして外に出た。だいぶ涼しくなりましたよねーと喋りながら店の前でみんなが出てくるのを待っていると、たまたま目が合った多賀谷さんが私の方に歩いてくる。心の中ではかなり動揺したけれど、ほとんど態度には出さずにいられた。「望月さん」と相手が言って、名前を覚えられていたことにちょっと驚く。

「もし良ければ名刺をいただけませんか。さっき交換できなかったので」

「あ、はい……」

バッグを探り、名刺入れを取り出して、冷静を装いつつ交換した。薄く青みがかったマットな紙に〈写真家・多賀谷章吾〉とだけ書かれている。珍しい名前、と字を見て思った。でもこの人の雰囲気によく合っている。他と混ざらず、かといって主張しすぎるわけでもなく、一人で立っている感じ。

「さっきも言ってましたけど、こっちでも仕事を広げたいと思ってますんで、機会がありましたらぜひよろしくお願いします」

微笑んで頭を下げる彼の目をまっすぐには見られなかった。人差し指にはめられている、ターコイズの石がついたシルバーの指輪が目に入る。目の前にある体から強い生命力の匂いがした。自分がどんな笑顔を見せているのかわからない。

✦

開いたウインドウのうちのひとつをクリックし、再生ボタンを押して適当に飛ばしながら動画の中身を確認する。終わると次へと移動して、あんまりだったものに関してはその場で消した。こんなものを吟味しているのはなかなか間抜けだと思うけど、なんにでも興奮できるわけじゃないからしょうがない。

相手のいる性行為をしなくなってもうどれくらい経つだろう。自分がセックスレスの問題を抱えるなんて思ってもみなかった。俺は普通にしたいのだけど、里奈が全然応じてくれない。もともと淡白なところはあったし、しなくても平気だという感はあったが、一緒に住むようになってからはますますその傾向が強くなっている。

セックスレスについてはもちろん改善しようと努力した。でも里奈は性行為そのものがそんなに好きではないらしく、今まで付き合ってきた人たちとも我慢して関係を持っていたのだそうだ。佑人はそのへんを理解してくれるからすごい助かる、というのが里奈がいつか俺に言ったことだった。好かれたいという見栄のために寛容なフリをしたのだけれど、そんなふうに感謝されたらこっちも無理強いできなくなる。

残すものがようやく決まり、ズボンのボタンを外したところでドアに鍵が差し込まれる音がした。慌ててウインドウを閉じるや否や、俺の布団の上で寝ていたナギがビーチフラッグスのスタートを切るみたいに玄関へと駆けていく。動揺を抑えるために自分も立ち上がってリビングへ行き、玄関でかがんでナギの体を撫でている里奈を迎えた。

「おかえり」

「ただいま」

特に笑顔はないけれど、今日は機嫌がいいんだろうか、あまり顔が死んでいない。飲みに行くと言っていた里奈の体の周りには、人と会ってきたあとの空気がまだ残っているみたいに見えた。気のせいかもしれないが、心なしかいつもよりもキレイに見える。

「どうかしたの？」

「いや、なんでもない」

その場に突っ立っているのもなんなので、お茶でも飲もうと台所に行って電気ポットに水を注いだ。たまにはしたいと言ってみようかとも思うのだけど、不満げな顔をされるのはわかっているし、そこまでして性欲を満たしたくはない。自分の主張を押し通せる人が羨ましいなと密かに思った。俺はタイタニック号に乗ったとしても、救命ボートが人数分なかったら、割と早い段階で乗るのをあきらめてしまうだろう。


「何が引っかかってるんですか？」

担当の横峰さんがいまひとつ理解ができないといった顔で俺に訊く。別に口調にトゲはなく、素直な疑問として口に出しているみたいだったが、心のどこかでめんどくせぇなと思われているんだろうという思いはあった。書けなくてグズグズしている作家ほど鬱陶しいものはない。編集者は忙しいし、願わくはスムーズに原稿をもらって、そこからやり取りをしたいのだ。

「こないだ電話でお話ししたときはいけそうな感じでしたよね？」

「いや、そうなんですけど、書いてみたらやっぱり違ったっていうか、しっくりこなかったんですよね。なので今はとりあえず、要素としてこれだけは間違いないって思うものを確認してる状態なんです」

なるべく暗くならないように明るい感じで話したのだが、あまり伝わっていないらしい空気を感じた。新作を書くときはいつも必ずつまずいている気がする最初の部分。

自分の小説の生命線と言ってもいい作品の設定やモチーフが俺はなかなか決まらない。でも最近はそれも覚悟の問題なのかなと思ったりする。面白いものが出てくるまで一向に進めようとしないのは、いまいちなものを作って周りの人からつまらない人間だと思われたくないからだ。派手に転んでもいいという覚悟がなければバリバリ仕事するなんてことはできない。わかっているのにびびってしまう、見栄っ張りなダサい自分。

「ただ申し訳ないんですが、今月の終わりまでにはどうにか原稿をいただきたいんです」

「あ、はい。それは大丈夫です。どうにかします」

頭の中で目の前に座っている横峰さんを里奈に変換する。里奈とは昔、まだ付き合う前に短いエッセイで一度だけ仕事をしたけれど、もし彼女が俺の担当になったらどんなふうになるだろうなと考えた。まぁ今の関係性をそのまま持ち込んだら恐ろしいことになるだろう。俺は編集者からのダメ出しで死んだ初めての作家になるかもしれない。

「自分に合うモチーフとか言っていないでとにかくどんどん書けばいいのよ。出し惜しみしたってどうせ大したもんなんか出てこないんだから。っていうか専業なのに八年で三冊しか出してないってどういうこと？　学校の部活だったら完全にそれ幽霊部員よ？」

実りのない打ち合わせを終え、地下鉄の駅に降りようとするとポケットのｉＰｈｏｎｅが震えているのに気がついた。引っぱり出して見てみたのだが、里奈の母親だったので思わずその場で立ち止まる。いったい何の用だろう。なりゆきで前に番号を交換したけれど、かかってきたのは初めてだ。

かけ間違いかと思ったが、一向に鳴り止む気配がないので「はい」と仕方なく電話に出た。

「あ、もしもし？　佑人さん？」

中年の女性特有の少し媚びたような声がする。かけ間違いではないみたいだが、今電話しても大丈夫かと尋ねるその気遣いは不安感しか与えなかった。自分の声が少し上ずってしまっているのがわかる。

「もしお時間があったらなんだけど、今日どこかでちょっとお話しできないかしら」

「お話し……ですか？」

「お忙しいかしら？」

「いえ、大丈夫ですけど……僕だけでいいんですか？　里奈にも連絡しましょうか？」

「いいのいいの。佑人さんと二人でお話ししたいから」

ますます不気味だ。里奈の母親は何時なら都合がつくかと俺に尋ねた。時間と場所を相談し、一向に相手の目的がわからないまま電話を切る。思いつける限りの可能性を並べてみたが、一番確率が高そうなのは披露宴のことだった。里奈と母親が披露宴をやるやらないで揉めていたのは知っているし、そのいざこざが俺に飛び火してきたというのは十分あり得る。

一度家に帰るほどの時間もなかったため、全然落ち着かないまま服を見たりして時間を潰し、五時に六本木ヒルズの巨大なクモのオブジェの前で待ち合わせをした。前に会ったときよりも少し着飾った格好で現れた里奈の母親は、相変わらずちょっと裕福な東京の家のおばさんという感じがした。上品で愛想もいいのだが、独自の思考システムで動いている印象があるせいか、腹の底で何を思っているのかがまったくもって読めないのだ。

「話っていうのは二人の生活のことなの」

カフェで向き合ってようやく本題に入ったのだけど、予想と違う入り方をされたので戸惑った。披露宴をするように里奈を説得してくれと頼まれると思っていたのだが、その話ではないらしい。

「こないだウチにご挨拶に来てくださったじゃない？　でもあのときは初対面だったし、他に人が多かったから訊きにくいこともあったのよ。だから一度二人でお話ししたくて」

想定外の展開にまだ頭がついていかない。でもなんとなく厄介な出来事に巻き込まれた感じはあった。会うことを選択した一時間前の自分を殴りたくなる。

「私、やっぱり母親として娘の結婚相手がどういう人なのかをちゃんと知っておきたいの。だからもしこれから私が質問することで気分を害されたらごめんなさいね」

里奈の母親はそう断ってから少し黙った。

「……ちょっと訊きにくいんだけど、佑人さんは貯金ってどれくらいあるのかしら？」

「え？」

都合悪く飲み物が運ばれてくる。いったん話は中断されたが、頭は混乱したままだった。ウェイターがテーブルの上に二つのコーヒーを置くのを見ながら考える。貯金ってなんだ？　なんで貯金？

「えっと、それはどういう理由で……」

再び二人になってから尋ねると、里奈の母親はきょとんとした顔で束の間俺を見て「あぁ、ごめんなさい」と取り繕うように謝った。

「その、なんていうか、やっぱり生活するのにお金って大事でしょ？　娘にそういうことであんまり苦労させたくないのよ」

……そういうことか。呼び出された理由はつかめたが、いくら義母になる人でも、自分の貯金がどれだけあるかを教えるのは抵抗がある。でも向こうが気にしている事情も呑み込めたので、だいたいしかわからないことを断ってから、声を落として貯金額を相手に伝えた。きれいに描かれた眉が少しだけ吊り上がったのを見ると、想像していたよりは多かったらしい。

「あら、そう……けっこうお持ちなのね」

「いえ、たまたま一作目が当たっただけです」

テーブルに沈黙が降りてくる。居心地の悪さをごまかすために目の前のコーヒーカップを取り上げた。普段は砂糖を入れるのだけど、それすらも今はどうでもいい。

「ちょっと突っ込んだ話で恐縮だけど、そのお金は完全に佑人さんのものなの？　ご両親が管理されてるとかではなくて？」

ご両親、という言葉に引っかかる。片親であることはすでに伝えているはずなのに。

「いえ、全部僕のお金です」

「そう。じゃあもうひとつ訊いていいかしら。私、作家さんの仕事ってよくわからないんだけど、月収はどれくらいあるものなの？」

「月収、ですか。それは……難しいですね。僕の場合はかなり波があるというか……こないだまで連載をしていたのでそのときは定収があったんですけど、そういうのがないと決まった額が毎月入ってくるわけではないので……でもまぁ安定はしてないと思います。今も貯金を切り崩して食べてる状態ですし」

里奈の母親はそれを聞いて何かを考えているようだった。穏やかさはかろうじて維持されているのだが、面接官に厳しく審査されている感じはする。

「あの、もし……なんだけどね、今のお仕事で食べていけなくなったらどうなさるつもりなの？」

「そう、ですね。そのときは他の仕事をしようと思ってますけど」

「それはあてがあるの？」

「いえ、ないです。就職活動をするしかないですね」

「あの、言い方はあれだけど、作家さんってつぶしみたいなのはきかないのかしら？　つまり、その仕事をすることで他の仕事に就きやすくならないのかっていうことだけど」

「あー、どうですかね。すごく有名だったり、文学的な素養があれば大学の講師とかになれるのかもしれませんけど、僕の場合はちょっと……そんなに学もないですし」

少し正直に喋りすぎているかなと思ったが、嘘をついても仕方がない。それに適当なことを言ってあとから話が違うじゃないかと責められるのも面倒だった。里奈の母親は真面目な顔でこくこくと何度かうなずいて、また何かを考えているらしい。でも空気から察するに、俺はあまり得点を稼いではいないみたいだ。

「今したような話って、里奈とする？」

「いや、あんまりしないですね。まぁ仕事は違いますけど同じ業界ですし、だいたいのことはわかってると思うので…」

「生活費はどうされてるの？　お財布は別々？」

「そうですね。家賃と光熱費は半々ですけど、個人のものは別々です」

里奈の母親が情報を咀嚼するようにまた何度かうなずく。独り言に近い感じだったが

「やっぱりね」と言ったのがたしかに聞こえた。

「こんなこと佑人さんに言うのはお恥ずかしいんだけど、あの子その辺りのことがよくわかってないと思うのよ。だから一度今言ったみたいなことを二人でちゃんと話してくださらない？　私が言っても聞かないのよ。佑人さんが言ったらあの子もきっと聞くだろうし」

里奈の母親はようやくそこで思い出したようにコーヒーを口にした。娘の無知さを憐れむような言い方が気になったが、里奈はそんなバカじゃないと思いますよ、と俺がここで言ったりするのもどうなんだろうという迷いがある。

「もし今の話で気分を悪くされたならごめんなさいね。でもやっぱり娘だから。苦労させたくないのよ」

「いえ、そんな。心配されて当然だと思います。なんか、僕の方がしっかりしてなくてすみません」

「佑人さんが謝ることじゃないわよ。でも結婚前にそういうことってちゃんと話しておいた方がいいでしょ。ほら、お金のことって揉めるから。じゃあ申し訳ないけど、ちゃんと話してくださいね」

「あ、はい」

「用件はそれだけなの。ごめんなさい、時間とらせちゃって」

里奈の母親はコーヒーにもう一度口をつけると、一息ついてからテーブルに置いてあった伝票を取り上げた。席を立って行こうとするので、慌てて「払います」と引き止める。

「いいのいいの、今日は私が時間をとってもらったんだから。その代わりちゃんと話してね。それだけよろしくお願いします」

微笑みながらそう言われると引き下がるしかしょうがなかった。頭を下げて、すみません、ごちそうさまです、と重たい気分で礼を言う。

「あ、そうだ。今日二人で会ったことは里奈には内緒にしておいてね。あの子、私が干渉すると嫌がるから」

「……はい。わかりました」

里奈の母親は愛想のいい笑顔を見せると「それじゃ」と軽く一礼してからレジへと歩いていった。一緒に出た方が良かったのかなと思ったが、すでに機を逃していたのでその場に立ったまま待機する。勘定を終えた里奈の母親は店を出る前にもう一度俺に頭を下げた。それに応えるだけの作り物の笑顔を貼り付けたままこっちも頭を下げ返す。

完全に姿が見えなくなってから脱力して席につき、さっきの会話を頭の中でまとめてみたが、どう考えてもそこから匂ってくるのは「結婚は考え直せ」という提案だった。ひょっとしたらそこまでは思っていないのかもしれないが、どう好意的に受け取っても喜んで祝福する意思は感じられない。いつだったか結婚することを里奈が親に報告したとき、俺の仕事を聞いて反対されたと言っていたのはやっぱり本当だったのだ。挨拶に行ったときは比較的和やかに受け入れられたから大丈夫なんだと思っていたが、あれはたぶん里奈が事前に釘を刺しただけだったんだろう。

もう式場も押さえているのに、結婚準備を土台からひっくり返されたような気分だった。でもたしかにこのまま作家を続けたところで食えるようになる可能性は高くない。今の仕事のペースじゃほぼ不可能だし、体を壊せば何の保証もない職業だ。結婚相手の親が反対するのも無理はない。

帰りの電車に乗り込んだあと、空席が見当たらなかったので乗車ドアの横に陣取ってうしろにもたれた。初めて会ったときから苦手なタイプだとは思っていたが、あの人が義母になるんだと思うとあらためて気が重くなる。あの感じでは、たとえ結婚したとしても不満を持たれ続けるだろう。

動きだした電車の揺れを感じながら目を上げると、俺の向かいにはスーツを着た同世代くらいの男の人が立っていた。イヤホンを耳につけて何かゲームでもやっているのか、スマホを横向きにして両手で画面を操作している。俺が普通のサラリーマンだったらすんなり結婚できたのかなとその姿を見ながら考えた。いや、きっとそんなことはないだろう。結婚というのは男を丸裸にする。付き合っているだけなら曖昧にしておける自分の仕事の現状も、結婚するとなると白日のもとにさらさなければいけなくなる。相手がかなり寛容だったらどうにかなる部分もあるかもしれないが、結婚を真剣に考えている女の人やその親にしっかりと品定めをされたら逃げ場はない。いつか何かの本で読んだ、男の結婚には現実しかない、という言葉を思い出した。女の子の将来の夢に「お嫁さん」があがるのに、男の子のそれに「旦那さん」があがらないのはそのためだ。男はまともに仕事をしていなければ存在価値すら危うくなる。あるいはそういう圧力が当たり前に存在する。

流れていく夜の街並みを眺めながらぼんやりと思うのは、もっとたくさん勉強していい会社に入っておけば良かったのかなということだった。あるいは相手が里奈じゃなければ、今の俺の現状でも受け入れてくれる人がどこかにいたりはするんだろう。現実というのは手でさわれるくらいはっきりとした壁になって目の前に現れるものなんだなと思う。想いや気持ちではまったくどうにもならないものが世の中にはいっぱいあるのだ。

名刺入れの中のほんのり青白い紙を抜き出して、見られてはいけないプリクラを見るみたいに隠して眺める。あらためて見る多賀谷さんの名刺はやっぱりセンスが際立っていた。文字の大きさと配置のバランス、たぶん自分でデザインしたんだろう、余白の広さが不思議な調和を生んでいる。

◇

スマホを取り上げ、電子メールの受信箱を開いて下の方へとスライドした。こないだの飲み会の翌日に送られてきた多賀谷さんからのお礼メールにもう一度ざっと目を通す。最後に書かれている個展のお知らせに少なからぬ興味を持ってはいたが、喜び勇んで観に行くほど単純な性格はしていなかった。でも一応有楽町でやっていることだけはインプットし、仕事に戻ろうとしたところで「望月」と声をかけられる。振り返ると少し離れたところに立っていた寺島さんがスターバックスのカップを手に持ちながら私を見ていた。

「二時から小会議室おさえてるのってなんで?」

「え……あぁ、坂咲さんのサイン書きです」

寺島さんは「あ、そう」とあっさりした返事をすると、私のデスクまで歩いてすっと体を寄せてきた。誰か営業の子がついているのか、二人っきりで大丈夫かと声を潜める。心配してくれたことが嬉しくて、先輩、と感激しながら顔を見上げた。

「二人きりなんですよ。ちょっとびびってます」

坂咲さんは前の編集者からの引き継ぎで私が担当になった三十代後半の女性作家だ。人気もあるし作品も面白いのだけど、人間性にやや難があって人の好き嫌いがかなり激しい。残念ながら私はまるで好かれていなくて、以前原稿に赤を入れたら露骨に機嫌を悪くされたことがある。寺島さんはその事情を知っているから、ことあるごとに私を気遣ってくれるのだ。

「じゃあ早く終わったら助太刀に行く」

「ホントですか？　よろしくお願いします」

今日一番の憂鬱な仕事を思い出して気が重くなる。新しい出会いにかまけている場合じゃなかった。

坂咲さんは約束の時間を二十分も遅刻してやってきた。襟に立体感のある白シャツをシンプルなスカートに合わせて、足もとにはネイビーのヒール、肩には明らかにブランドものとわかる高そうなストールを羽織っている。押さえておいた小会議室に通したあと、何か飲まれますか、と愛想良く訊いてみた。

「別にいいです。さっさとやりましょ」

目も見てくれないさっそくのパンチにうろたえる。とはいえサイン書きの用意は万全だった。複数ある段ボール箱の中には新刊の単行本が二百冊。すぐ始められるようにすでに二十冊ほどテーブルの上に置いてあるし、サインペンはすべて問題なく使えるかどうか確認済みだ。椅子を引いて座った坂咲さんの横につき、ペンの試し書きが終わるのを待ってから最初の本を開いて差し出した。いったん始まると、あとは流れ作業になる。サインが入ったのを横目で見ながら本を取り替え、インクがつかないように紙を挟んで脇へとのけた。作業の進みを見て席を立ち、段ボール箱から出した新たな本をテーブルの上に補充する。

こういうときに何か会話がある方がいいのかなとは思うのだけど、そのへんは作家さんによりけりで、喋っていると集中できないと言う人もいる。坂咲さんはそういうタイプではないのだけれど、明らかに喋りかけるなオーラが出ていたので、息が詰まるような沈黙にもひたすら耐えた。静かな部屋にマジックペンが紙の上を走る音だけが延々続く。いったん休憩しましょうかと提案しようとしたところで「ねぇ」と声をかけられた。

「そんな次々出さないで。少しは休ませてよ」

尖った声に縮み上がりながら「すみません」と謝った。今休憩を取ろうと思ってましたなんて言い訳は通用しない。体が沸騰したみたいに熱くなるのを感じながら「やってしまった……」とへこんでいると、コンコンとノックの音がして寺島さんが入ってきた。手には差し入れのお菓子を持っていたので、その救世主ぶりに「神か」と涙が出そうになる。

現実的に二キロほど体重が落ちたんじゃないかと思うくらい疲弊したけど、どうにか終わってホッとした。うっすらと香水の匂いが残っている部屋の後片づけをして編集部に戻り、寺島さんにしつこいくらい礼を言う。でも心の中では怒られたことをまだしっかりと引きずっていた。作家と編集者のあいだにある微妙な上下関係がうらめしい。

雑多な仕事を済ませてから会社を出て、自分へのご褒美のつもりで電車に乗って有楽町まで移動した。ネットで調べた地図を見ながら歩き、ギャラリーの名前が一致したビルの短い階段を上がっていく。重たいドアを押し開けるようにして中に入ると、そう広くないギャラリーの真ん中で多賀谷さんが男の人と話していたので「げ」と体が固まった。こっちに気づいてちょっと驚いた顔をしている。

「望月さん」

発色が鮮やかなブルーのＴシャツの上に黒のベストを羽織っている多賀谷さんは、男の人との話を切り上げると、軽く頭を下げながら私の方にやってきた。

「わざわざ観に来ていただいてありがとうございます」

「いえ、打ち合わせの帰りに時間があったものですから……」

早々に帰りたい気分だったが、今さらどうにもならないので、とにかく作品を見ることに集中した。よく考えたら本人が在廊しているかもしれない可能性なんて十分に予測できることだったのだ。傷心のせいでそこまで考えが及ばなかった。

写真はこないだの飲み会のときにちらりと聞いた、いろんな人の「足」を撮ったものだった。真っ白なギャラリーの壁に全部で二十ほどの足の写真が掛けられている。最初の一枚は高そうな革靴を履いた男の足だった。しっかりと折り目のついたスーツのズボンを穿《は》いて、なんとなく外国の紳士を思わせる。その横にある二枚目は野菜のカブみたいにふくらはぎが肥えている女の足だ。白人なのか肌は白くて、剝げかけているどぎつい赤のペディキュアが美への興味と怠惰さを訴えていた。他にもバレエシューズを履いた少女の足や、生後間もないと思われる黒人の赤ん坊の足、片方が義足の足もある。

構図や撮り方を工夫しているからなんだろう、下手をすれば陳腐な作品群になりそうなのに、多賀谷さんの写真はそうはなっていなかった。どの足からも唯一無二の存在感が感じられるし、細部に宿るリアリティーがそれぞれの足の持ち主の人間性や境遇を想像させるようなところがある。

ふとうしろを振り向くと、それに気づいた多賀谷さんが「どうかしましたか」という顔をして歩いて隣までやってきた。呼んだわけではなかったのだけど、何か言わなければいけない気がして、さっき感じたことをつたないながらも言葉にする。多賀谷さんは子どもみたいに嬉しそうな顔をしてうなずいていた。

「人は誰しも唯一無二の存在なんです。でもカメラを向けると多くの人はその魅力を奥に引っ込めてしまう。モデルを使ってそれらしい写真を撮ることもできるんですけどね、それだと想像して浮かび上がる人物が二次元になってしまう感じがするんです。だから僕の写真はいつもありのままの姿をさらしてくれる人を見つけることから始まります。それに関しては人でも物でも変わらないんです。世の中には本人や実物にしか出せない存在感や空気感というものがあって、僕はそれを拝借して作品にしているだけなんです」

本人や実物にしか出せない存在感や空気感という言葉が頭に残った。たしかにこうして見ていると、世界中にいる多種多様な人たちに囲まれているような感じがする。それぞれの足の持ち主が今日もどこかで生きていて、それが一堂に会することで勝手に世界が広くなる。大げさなことは言いたくないけど、生まれて初めて写真という芸術のすごさを感じた気がした。一目で得られるこの圧倒的なリアリティーは写真にしかできない表現だ。

「あの、もし良かったらなんですけど、今度小説の装丁に使う写真を撮ってもらえませんか？」

言ってから何を打診しているんだろうと思ったが、下心だけで申し出たわけではなかった。多賀谷さんは私が本気なのかどうかを計りかねているらしく、少し困惑した様子で「ええ、ぜひ」と笑みを見せている。でも頭の中にある装丁のイメージと多賀谷さんの写真がうまく合うかどうかは自信がなかった。ひらめきを感じたのは確かだが、冷静になると少しズレている感じもする。

「望月さん」

「はい？」

「もしご都合がつくようでしたら、このあと食事でも一緒にいかがですか。その仕事の話も詳しくうかがいたいですし」

誘ってもらえて嬉しかったが、いいのかという迷いも少しはあった。でも自分が仕事を持ちかけたのだ。今さら引っ込めるわけにもいかない。

近所によく行く店があると言うので、十分ほど歩いて、飾り気のない店構えをした和食の店に二人で入った。お酒は一応遠慮しようとしたのだけれど、多賀谷さんが飲むと言うのでそれならと笑顔で付き合う。異性として魅力を感じている人と二人で食事をするのなんてずいぶん久しぶりだった。

「望月さんって今度結婚されるんですよね？」

飲んでいたビールが喉に詰まりそうになる。顔が熱くなるのを感じながら「なんで知ってるんですか？」と思わず尋ねた。

「飯塚さんが言ってました。あのイラストレーターの」

納得したが、心の中では「あの野郎」と舌打ちした。いつ会っても能天気そうな顔を二、三発叩いてから意識を戻す。隠しておきたかったわけではないけど、個人的なことは然るべきときに自分の口から伝えたい。

「多賀谷さんはご結婚されてるんですか？」

「いえ、独身です。全然予定もないですね」

それを聞いて喜ばなかったと言えば嘘になる。でも自分の婚約がバレているからなんとも微妙な気分だった。私はもうこの人の恋愛対象には入っていない感じがする。

「やっぱり好きなことをしているうちは結婚すべきじゃないのかなと思います。僕の場合は外国にもしょっちゅう行きますし、思いつきでどこかに出かけて何ヶ月も帰ってこないとかもザラですから」

その言い方には自分の奔放さを恥じるような響きがあった。外国で仕事をしている人の中には自由でワールドワイドな自分を誇る鬱陶しい人もいる。今まで何カ国ぐらい行ったのかと尋ねると、多賀谷さんは「どうですかね？　かなりの数だと思いますけど……」と首をかしげた。

「旅費は？　全部自費ですか？」

「そうですね、基本的には。でもヒッチハイクしたり、友達に人を紹介してもらったりして、移動と宿泊に関してはなるべくタダになるように努力してます。一番出費がかさむのはやっぱり船と飛行機ですね。あの二つは親指立てても無視されるんで」

最後の冗談に笑ってしまう。そのあとは今まで外国でどんなふうに写真を撮ってきたかという話になった。あちこちの国でいろんな人や物を撮ってきただけあって、多賀谷さんの話はどれもけっこう面白かった。ときおりユーモアを挟んでくれるし、外国に比べたら日本はどうだなんていう面倒な批判をすることもない。さっきギャラリーで見た作品に惹き付けられた理由がわかった気がした。あの写真はこの人の生き方そのものだ。客観性を保ったまま、世界中のいろんなものとちゃんとつながっているからこそ撮れる写真。

「あ、すみません。仕事の話するの忘れてました」

追加の飲み物を選んでいた多賀谷さんは「ホントですね」と笑いながらメニューを戻した。ゆるんでいた気持ちを引き締めて、仕事モードに切り替える。受けてもらえるんじゃないかという予感はあったが、仕事の依頼で甘えを持つのはやめにした。私自身、そこの線引きができない人は好きじゃない。

「さきほども少し言いましたけど、お願いしたいのは小説の装丁に使う表紙の写真なんです。今度出る新刊の内容が遊園地に関係しているもので、見る人の頭の中にそれぞれの架空の遊園地が浮かぶような表紙にしたいんです」

まずまずの出だしだと思ったが、まだまだ補足は必要だった。なるべく時間を空けないように続きの言葉をひねり出す。

「どういう写真がいいかはもちろんご相談の上で決めますけども、私としては多賀谷さんには園内にある何らかの乗り物を撮っていただきたいと思ってます。小説も見えないものを想像させることが大事なんです。なので乗り物という部分から、遊園地全体がイメージできるような写真をお願いしたいというか……ただひとつ気になるのは、今イメージしている表紙の写真は一枚きりで、何枚もの写真を並べて見せる多賀谷さんの作品性とは少しズレている感じがするんです。もしそれでも構わないということであれば、ぜひお願いしたいんですけども……」

多賀谷さんはさっきまでとは違う真面目な顔でその話を聞いていた。私が言ったことを呑み込むみたいに何度かうなずいたあとで笑顔を見せて、「ぜひやらせてください」としっかりとした口調で言う。

「ホントですか？」

「ええ。部分を見せて想像させるのが僕のしたいことですから。こんなにぴったりな依頼はないです」

多賀谷さんがにっこり微笑む。一緒に仕事をしてみたいという下心はまだかすかに残っていたが、なるべくそれは見えないように笑顔で隠した。正式に受けてもらえると思うと嬉しくなる。

帰りの電車はたまたま一緒の方向だった。ただでさえ人の多いホームに入ってきた山手線はあいにくかなり混んでいて、予想されるスシ詰めに面倒さを感じながら列に並んで電車に乗り込む。どんどん奥へと押し込まれ、はぐれそうになったときにおもむろに手首をつかまれた。多賀谷さんが私をぐっと引き寄せて、確保していた壁際のスペースにもぐり込ませる。二十センチほどの差がある自分の体を盾にするようにして壁を作ってくれていた。いろんな人の匂いが混ざった中に、ほのかにコロンの香りがする。

「大丈夫ですか？」

大したことはしていないという感じで多賀谷さんが私に尋ねる。大丈夫です、と答えながらも、女として完全にときめいてしまっている自分がいた。今にも触れそうな距離にある首筋や胸もとを直視できない。電車が動きだしてからも自分の靴の先ばかり見つめてしまう。

半分浮いているみたいにふわふわした気持ちで家へと帰り、玄関のドアを開けるといつものようにナギが喜んで私を迎えた。右手にある台所にいた佑人がおかえりと声をかけるので、ただいまと形だけの返事をする。まだうまく馴染めないまま食卓の椅子にバッグを置いて洗面所に行き、手を洗ってからまたリビングに戻ってきた。

「飯は？」

「あ、ごめん……食べてきちゃった」

「そう」

台所に向き直った佑人が知らない人みたいに見える。ぷぴ、と間の抜けた音がして目をやると、ナギが音の鳴るぬいぐるみのおもちゃを前足で押さえながら噛んでいた。六歳の誕生日に私があげた恐竜の形をしたやつだ。

「あ、そうや。俺、明日から京都帰るから。友達の結婚式でさ、二泊して帰ってくる」

言われたことを理解するまでに時間がかかった。そうなんだ、と遅れながらも返事をして「なんで二泊？」と佑人に尋ねる。

「ん？　どういうこと？」

「せっかく帰るならもうちょっとゆっくりしなくていいの？」

「んー、まぁそうやねんけど、いる理由も特にないしな。それに週明けにこっちでもう人と会う約束してもうたから」

「そっか。ナギはどうするの？」

「どうしようか迷ってんねんけど、置いてってってもいいかな？」

「うん。いいよ」

「ホンマに？　それすげー助かるわ。もうスーツとか全部送ったから、ナギ連れていかんでいいのなら手ぶらで行ける」

佑人が嬉しそうにコンロの火を止めて鍋にふたをする。換気扇はついていたけれど、部屋の中にただよっている大根の甘い匂いに気づいた。たぶん作り置きの切干し大根を作っていたんだろう。流しに移動した佑人が洗い物をする音が聞こえる。

「あ、そうや。結婚指輪のことなんやけどさ」佑人がまた振り返る。

「ちょっと早いけど、どういうのにするか決めといた方がいいと思うねん。里奈はどうしたい？　こんなんがいいとか、希望ある？」

「あー……そうだね」

漠然としたイメージは浮かばなくもないけれど、今はあまりそういうことを話したくない。反応の悪さに気づいた佑人がどうかしたのかと私に尋ねた。首を振って覆い隠すための笑みを見せ、会話のつまみを無理やりひねる。

「別に急がなくてもいいんじゃない？　式までまだ半年もあるんだし」

「そっか。じゃあまぁ……決めたくなったらいつでも言ってな。ほら、婚約指輪は俺が勝手に買っちゃったしさ、結婚指輪は里奈が完璧に満足のいくものにしたいなと思って」

去年の秋にもらった婚約指輪のことを思い出す。でも佑人が気にしているほど指輪のチョイスは悪くなかった。前に佑人が「自分のセンスを信用せずに店員さんのアドバイスを参考にした」と言っていたけれど、その人の助言がかなり的確だったんだろう。すごく好みのデザインであることに驚いたくらいだったのだ。

今でもはっきりと覚えている、自分にとってのいい思い出がよみがえったことで余計に気持ちがざわついた。もらった幸せと今の自分の幸せが乖離《かいり》していて、思わず眉間に力が入る。

「……ねぇ、佑人は不安じゃないの？」

何を言っているんだろうとは思ったが、吐き出さずにはいられない。「何が？」と振り返った佑人の呑気さに心が痛んだ。

「だから、仕事のこととかさ、結婚するのにこのままでいいのかとか思わないの？」

直接的なことを訊かれたせいで、佑人がひるんだのが伝わってくる。本当に最低だと思うのだけど、わざと距離を取ろうとしている自分がいた。佑人もそれを感じたらしく、二人のあいだに流れる空気が居心地の悪いものになっていく。

「……いや、思わんくはないけどさ、なんで今更そんなこと言うの？」

「だって現実問題としてお金の問題はあるでしょ？　今は困ってないかもしれないけど、作家で食べられなくなったらどうするの？」

「そんときは他の仕事するよ」

「ホントに？　私は佑人が作家の仕事を辞められるとは思わないけど」

「そんなことないよ。辞めるって」

「そうかな。すっきり辞めて他の仕事できる？　結局引きずるんじゃない？　そういうのって辞めるのとは違うと思うよ？」

佑人の顔に図星の色が浮かんだ。こだわっていないように見せて、この人は今の仕事に執着している。何気ない顔で嘘をつくのは佑人がよくやることだった。知っていることを知らないと言ったり、気にしていることをわざと訊かなかったりする。

「なぁ、なんかイライラしてんの？　なんでそんなケンカ腰なん？」

佑人がいったん場を落ち着かせようとする。冷静なのをアピールするため「別にケンカ腰じゃないよ」と笑ってみせた。

「ただ私たち、ホントに結婚するのかなって思うだけ」

「は？　なんやそれ。そのために今まで準備してきたんじゃないの？」

空気がどんどん悪くなる。自分の浮気を棚に上げているのはわかっているのに止められなかった。今欲しいのは「私は悪くない」という実感だ。佑人は不服そうな顔をしていたけれど、少しするとその不満を抑え込むようにうつむいた。急にブレーキを踏んだみたいに私に対する敵意が感じられなくなっていく。

「いや、まぁなんつーか……俺の仕事が不安定なのは申し訳ないと思ってる。でも俺だって一人で結婚するわけじゃないんやしさ、里奈もちょっとは協力してくれへんかな？」

「私が協力してないってこと？」

「そうじゃないけど、そんなふうに責められたらさ……」

「なんで私が怒られるの？　佑人の仕事の問題でしょ？」

これ以上やると歯止めが利かなくなりそうだ。会話を断ち切るように踵を返して自分の部屋に逃げ込んだ。頭の中がぐちゃぐちゃで、脳みそを取り出して思い切り壁に投げつけたくなる。

長いあいだ伏せていた目を上げた先にあったのは散らかった自分の部屋だった。ぼんやりそれを見ているうちに浮かんできた佑人の顔が多賀谷さんの顔に切り替わる。電車の中での出来事が罪悪感を伴って体に流れ込んできた。まるで今そうされたみたいに手首をつかまれた感触がよみがえる。

✦

くうぅんと甘える声がしたのでキャリーバッグのファスナーを開け、そこに手を突っ込んでナギの頭をごしごし撫でた。新幹線の車内は残念ながら混んでいて、三人席の真ん中しか取れなかったから周りの人にも気を遣う。犬同伴の乗車は肩身が狭い。里奈に置いていっていいとは言われたが、あんなケンカをしたあとではムリだ。

ナギがどうにか大人しくなったので、途中になっていたメールを再開した。十年来の付き合いになる千秋と京都に着いてすぐランチをする予定だったのだけど、ナギが一緒では普通の店には入れない。そのことをメールで伝えると、千秋はそれなら犬を連れていても大丈夫なオープンカフェみたいなところで食べようと提案してきた。しかも今日は仕事が休みだから車で京都駅まで迎えに来てくれるという。

心の中で深々と頭を下げながら感謝のメールを送信し、前の座席の網ポケットに挟んであるペットボトルの水を引っぱり出した。日が変わっても昨夜のことはしっかり残ってしまっていて、部屋にこもっていた里奈に何か声をかけるべきだったかなと何度目かの後悔をする。ああいうときはそっとしておいた方がいいのかどうかの判断が難しい。

二時間半の移動を経て京都に着くと、電話で連絡を取り合って八条口で待っていた千秋と合流した。急に知らない人の車に乗り込んだせいでナギがうるさく吠え立てる。

「おー、威勢がいいね」

約一年ぶりに会った千秋は変わらず元気そうだったが、髪が短くなっていた。前はけっこう長かったのに、襟足が見えるほどのショートカットになっている。顔だけ出してナギに味方だとわからせたあと、いろいろ予定が変わってしまって申し訳ないと謝った。

「全然いいよ。ってか家に置いてくって犬だけ留守番させるつもりやったん？」

車を発進させながら千秋が尋ねる。一瞬意味がわからなかったが、同棲していることを伝えていないことに気がついた。

「言い忘れてたけど、今彼女と同棲してんねん。結婚することになってさ」

「はぁ⁉」

千秋の顔が思い切りこちらに向いたので「前見ろ、前！」と慌てて言った。

「ちょ、ちょっと待って。一回停めるわ」

指示器が出されて、本当に道の端に車を停めたので笑ってしまう。ハザードランプを点けた千秋は「もう一回最初から聞かせてくれる？」と顔をしかめて詰め寄った。事件の重要な証人を見つけた刑事みたいだなと思ったが、もう今まで何度もしている里奈との馴れ初めを簡単に話す。それからは取り調べを受けるような感じで千秋の質問に答えていった。相手の歳はいくつかとか、仕事は何をしているかとか、そういう話だ。

「式は？」

「秋にやる。でも身内だけで済ませるから」

「ホンマに結婚？　マジで？」

「マジです」

笑ってそう答えながらもケンカのことを思い出す。里奈の母親にも良く思われていないみたいだし、実際はどうなるかわからなかった。それでもこんなふうに驚いてもらえると、この明るい話題をどうにか現実のものにしたくなる。千秋は口を開けてしばらく放心していたが、最後には我が事のように喜んで祝福してくれた。

「いやしかし結婚するとはな。一番見込みがないと思ってたのに……」

トリコロールの旗が立っている雰囲気のいいオープンカフェで、俺の椅子につながれたナギに手を出しながら千秋が言う。すっかり気を許したナギは尻尾を振って無防備に頭を撫でられていた。目の前には鴨川が流れていて、天気もいいので逆に外で良かったと思うくらいだ。

「なぁちょっと訊きたいんやけどさ、なんで結婚しようと思ったん？」

たしか清田にも同じことを訊かれたが、話していると千秋の訊き方には清田とは違うニュアンスが含まれているようだった。彼女には付き合って二年になる二つ上の彼氏がいて、結婚に踏み切ってくれないことを以前から悩んでいたからだ。要するに千秋は男がどうすれば結婚を決意するのかを知りたがっているようだった。

「彼氏がまだ煮え切らへんわけ？」

「そうやねん。なんとかしてくれへん？　ホンマに教えてほしいのよ、結婚を渋る男がどうやったら結婚したいと思うのか」

「なんて言って渋ったはんの？」

「仕事がまだ安定しいひんから無理やって。二人で働いたら大丈夫やんって言うのにさ、全然聞き入れてくれへんのよな」

「あー、それはわからんでもないな。俺もなんだかんだ金がなかったらまだ結婚はできんってなってたと思うもん」

「なんで？」

「いや、そういうもんなんじゃゃない？　人によるとは思うけど、男の人にとっての収入とか仕事ってそれぐらいウエイトが大きいもんなのよ。そこである程度自信が持てへんと自分の存在価値が揺らいでしまうくらいのさ。だから自信がないのに結婚してしまったら『男として失格』っていうハンコを押されてしまう感じがすんのよな。あとはほら、今の自分の頼りなさを全部知られてしまう恐怖もあるしさ」

「でもそんなんバレてるやん。それも込みで好きってこっちは言ってるんじゃないの？」

「そうかもしれんけどさ、そのちっぽけなプライドにしがみついて生きてるのが男の人なんじゃないすかね。だから出世したいって思うんじゃないの？」

千秋はあまり納得していないようだった。パスタをフォークに巻きつけたまま、首をかしげて何もない空中にメンチを切っている。実際に目に見えているものを重視する女の人には理解できないということだろう。もう少し手助けになるようなことが言えないかどうか考えてみる。

「うーん、あと一個思い浮かぶのは……」

「何？」

「俺、前に人から聞いたんやけど、人生を先の見えへんドライブみたいなもんやとするなら、結婚したい人っていうのは助手席に乗ってほしい人なんやってさ。どんなふうに会話するとか、沈黙があっても平気とか、そういうのも含めてな。ずっと天候がいいわけじゃないし、道路の状態が悪いことだってある。たとえば車が故障したときに、どういう態度でいるとかな。で、俺はそれで言うと、自分が見てないものをちゃんと見てる人の方がいいなーと思っててん。ちょっと道に迷ったときとか、どうしようかなって思ったときに、俺が見えてなかった納得のいく意見をすぱっと言ってくれる人がいいなって」

「それはたとえばどういうことで？」

「うーん……そやな。いや、なんか具体的にそう思えた瞬間があってさ。いつやったかな。俺、出版界のパーティーとかが苦手でさ、いっつもそういうのに行くたびに、なんかやっぱり合わへんなってどっかで思ってたのよな。そんでなんかのときに彼女にそれを言ったんやけど、だったら行かんかったらいいやん、ってあっさり言われて。仕事のつながり作るためにそういう場所に行くのも必要やと思うけど、無理してまで行くことはない、作家は作品がすべてなんやから、そんな場所にしょっちゅう顔出してるような人は私も個人的に好きじゃないって言われてさ、すげー気持ちが楽になった」

「ふーん。よろしいな。めちゃくちゃのろけてはるじゃないですか」

千秋のもっともな指摘に笑いながらうなずいた。たしかに付き合っている人のいいところなんて他人に言わない方がいい。

「でもどーなん？　そういうのって人にもよらへん？　もっと俺についてこいタイプの人やったら、仕事のことには口出しせずにおってほしいって思うやろうし」

「あー、それは言えるな。結局何をいいと思うかなんて人それぞれや」

ちゃんと考えれば考えるほど結婚を決めた本当の理由なんかわからなくなる。でもだからこそ、あと一押しが欲しい人にはもどかしいんだろう。同じ人間の中でも、あるとき急に気持ちが変わることだってザラにあるのだ。

「でもいいよな。結婚しようって思ったときに自分からアクション起こせるんやもん」

「そうか？」

「そうやで。男は自分からプロポーズできるやん。世の中的にもそれがオーソドックスやしさ、最近は逆もあるって言うけど、やっぱりこっちからは言いにくいもん」

「まぁたしかに女の側から結婚まで持っていくのって難しいかもな。周りを固めるとか、とにかく匂わせて追い込むとかさ、それこそ妊娠して既成事実作るとかも、男からしたら怖い感じするもんな」

「ホンマやで。なんで女だけそんな裏工作みたいなことしなあかんのって思うもん。ずるいわ、その王道パターン」

実家まで送るという千秋の厚意を断って出町柳《でまちやなぎ》駅の前で降ろしてもらった。今日泊まることになっている母親の家は、山をひとつ越えた小さな町にあるから、そこまで送ってもらうのはさすがに悪い。それに三時半には母親が自分の車で迎えに来てくれることになっていた。なんだか身重の人間なのかと思うくらい人に頼ってばかりいる。でも今日はナギがいるから電車やバスだと大変だ。

時間通りに来た母親に身内ならではの軽い挨拶を済ませたあと、運転を代わろうかと申し出た。「そう?」と眉を上げた母親を助手席に乗せ、ナギの入ったバッグを膝もとに置いてもらう。犬というのは不思議なもので、長いこと会っていなくてもちゃんと母親だとわかっているようだった。バッグの中でばすばすと勢いよく尻尾が当たる音がする。

四十分ほど北上して家に着き、他の家よりは小さめなその日本家屋のガレージに車を停めた。同じ京都でも山を越えると家の敷地が広くなる。長旅の疲れをとるように居間でお茶を飲みながら喋ったあと、母親が晩ご飯の仕度をすると言うのでナギを連れて散歩に出た。慣れない土地だと落ち着かないのかリードを引っぱるナギの力が強くなる。

「なんもせんでもご飯が出てくるのってすげぇな」

晩ご飯の食卓に並んだのは、俺が普段作っているご飯よりもさらに栄養価の高いものだった。玄米とみそ汁、野菜の天ぷらに揚げ出し豆腐。どれも品のいい器に入れられていて、見ているだけでも食欲が湧いてくる。向かいの席に腰を下ろした母親が納豆に刻んだ海苔をかけるかどうかを俺に尋ねた。天井からぶら下がっているシェードのついた白熱灯が食卓の上を温かみのある感じに照らしている。

「里奈さんは料理しはらへんの?」

「んー、そうやな。たまにするけど、やっぱ仕事が忙しいから」

実際には二、三回しか手料理を食べたことはなかったが、印象が悪くなってもあれなので事実は伏せておくことにした。みそ汁に口をつけたあと、手に持った磁器製のご飯茶碗が母親の作ったものであることに気づく。

「これ新しく作ったやつ？」

「あー、そうやね。比較的新しいかも」

母親が陶芸の仕事を始めたのはもう七年も前になる。もともと趣味でずっと続けていたのだが、いつかは本格的にやってみたいと思っていたこともあって、七年前に思い切って仕事をやめた。もう家に残っている子どもは誰もいないし、一人で三人の子どもを育てた母親にはそれ相応のご褒美が与えられるべきだと俺も思う。だから郊外にこの工房付きの家を建てたときもなるべくお金の援助をした。

「でもやっぱりすごい人のはすごいのよな。仕事にしてから尚更思うわ。この大皿とか、何度見ても惚れ惚れするもん」

母親が指さしたのは野菜の天ぷらが載っている薄い水色の大皿だった。青磁で表面に貫《かん》入《にゅう》というひび割れのような模様が入っている。こういう話ができるのが母親といて楽なところだ。育ちというのは人間性に深く関わる。母子家庭だったこともあって、俺はずいぶんこの人の影響を受けているなとときどき思う。

納品が近いらしい母親が工房に制作をしに行ったため、父親の仏壇が置いてある和室の畳でごろごろとテレビを観て過ごした。いぐさの匂いと畳の感触、床の間に飾られている生け花や、天井に架かっている太い梁を見ていると、やっぱり将来はこういう家に住みたいなと思う。里奈は今何をしているんだろう。意識だけを東京に飛ばしてみたけれど、考えれば考えるほど気分が重たくなるだけだったので目を閉じた。三十分ほどしてから立ち上がり、工房にいる母親にお茶を淹れようと湯を沸かす。長旅で疲れたんだろう。ナギは俺が置いておいた座蒲団の上で完全に横向きになって眠っていた。

ノックをして入った工房は母屋よりも肌寒かった。ろくろを回している母親の背中を一瞥してから「お茶置いとくよ」と声をかける。母親は体を起こして振り返り、「あぁ、ありがと」と軽い感じで礼を言った。

「じゃあちょっと休憩しよっかな」

ろくろを離れた母親が水道で手を洗いに行く。脇に並んでいるまだ焼いていないいくつもの器を見上げながら、ちゃんと仕事をしているんだなと感心した。昔から真面目な人ではあったけど、ものを作るのを仕事にしたのが俺と一緒の時期だから、自分との差を感じてしまう。

「なんかすげぇなぁ。もうすっかり作家さんやん」

お茶を置いた作業用の机にやってきた母親は、少しだけ顔を赤らめて「そんなことないよ」と謙遜した。

「佑人はどう？　仕事うまくいってる？」

「いや、今はあんまり。なんつーか、真面目にひたむきに頑張れへんのが俺の欠点やなと最近思う。おかんぐらいこつこつやれたらいいんやけどな」

「そうかな？　っていうか私は不器用やから。こつこつやらんとどうにもならんのよ」

そう言われると俺は器用貧乏なのかなと思う。あとは昔から努力をするということがどうにも体に馴染まなかった。好きなことは「そろそろやめれば？」と言われても延々と続けるタイプだけれど、うまく興味が持てないことを我慢してやるのが本当に苦手だったのだ。

「そういや結局披露宴はどうなったん？　やっぱりすんの？」

「あー、まだ決まってない。里奈はしたくないって言ってるけど、向こうの親がしてほしがってるみたいでさ。けっこう揉めてる」

「そっか。でもまぁそういう場合はしといた方がいいかもね。しいひんかっていつまでもグチグチ言われてもあれやしさ」

「なるほどね。そういう見方もあるか」

机の上に置いてあった安物のボールペンを取り上げ、特に理由もなくペン尻を手のひらに何度か押し付けた。今は披露宴のことよりも結婚そのものの心配をした方がいいかもしれない。私たちは本当に結婚するのかと訊いた里奈の言葉がよみがえる。

「どうかした?」

「うん? いや、まぁわざわざ言うほどのことでもないんやけど、実は今ちょっとケンカしててさ。ナギを連れて帰ってきたのもホンマはそれが原因やねん」

言ってみると笑えたが、気分はそんなに変わらなかった。「そうなん?」と驚いた母親がなんでケンカをしているのかと俺に尋ねる。

「まぁいろいろな。でも一番の理由は、やっぱり俺の仕事がさ、そんなに安定したものじゃないから。里奈もそれを気にしてるし、向こうの親もそうみたいで」

母親は事情を察したようだった。両手を添えて飲んでいた湯呑みを膝もとに置き、なるほどね、と納得したようにうなずいている。

「それに関しては私もなんにも言えへんわ。だってもし佑人が女の子で、そういう仕事やってる人と結婚するって言ったらやっぱり反対すると思うもん。向こうのご両親が心配するのも仕方がないよ」

否定してくれるのかと思ったらあっさり加担されたので「そうなのか……」と驚いた。味方だと思っていた人に向こう側につかれると、自分だけが離れ小島に独りぼっちで残されたような気持ちになる。

翌日は午前中から友達の結婚式に出席した。小学校時代の旧友たちに会えたのは嬉しかったが、神聖な空気の中で誓いの言葉を述べている新郎新婦を見ていると、半年後にする予定だった自分たちの結婚が曖昧で不確かなものになっていく。なんだか初めて男に生まれたことの大変さを実感したような気がした。結婚は男を丸裸にするとは思っていたが、された結果がここまで辛辣なものだとは正直思っていなかった。もちろんこれは組み合わせの問題だとわかってはいる。相手が違えば、たとえば一緒に頑張ろうと言ってくれる人だったら、今見ている世界も少しは変わってくるだろう。でも誰と結婚したとしても、自分がいかほどの男なのかという問いかけは永遠に続くんだろうという気はした。自分がどれだけの収入を得ていて、どれくらいのレベルの仕事をしているか。そのごまかしの利かない現実は、きっと姿が見えない亡霊みたいに死ぬまでつきまとうだろう。

短い京都での休暇を終えたあと、疲れた体で五キロ以上あるナギが入ったキャリーバッグをぶらさげ、鍵を開けてようやく東京の自分の家に辿り着く。靴を脱いで真っ暗なリビングの電気を点け、ナギをリビングに放したところで食卓の上の小さなメモに気がついた。

しばらく友達の家に泊まります。

名前も書かれていないそのメモを取り上げて、少しのあいだ何の感想もなく眺めてしまう。ようやくのことで出てきたのは心の中から吐き出された小さな溜め息だけだった。もう十分にダメージを受けたと思っていたのに、まだ底じゃなかったのかという落胆が体全体に染みていく。

◇

葉子の一人暮らしのマンションに来たのはけっこう久しぶりだった。広いリビングは相変わらずモデルルームみたいなきれいさで、薄いレースのカーテンがかかっている窓の外には東京の夜景が広がっている。でも葉子がこの家に住むことになったのは彼女の離婚が原因だから（しかもいろいろと複雑な理由がある）、そのことを考えると羨ましい気持ちは持てなくなる。思うことはあっても簡単には口を出せない個人の事情。私が今結婚のことで悩んでいるように、葉子の人生にもいろいろあるのだ。

三連のペンダントライトが上からぶら下がっている食卓で向かい合い、照明や食器の違いだけでずいぶんおいしそうに見える夕食を二人で食べながら話をした。家でもよそでも他人が作ったご飯ばかり食べているなと思っていると、バゲットを手でさいていた葉子が「彼からメールは？」と私に尋ねる。

「来てない。たぶん送ってこないんじゃないかなぁ？」

佑人は私が家を出たからといって慌てふためくようなタイプじゃない。なんで距離を置いたかぐらいは察しているし、家事ができるから生活面でも困らないだろう。

「ねぇ。ちょっと一般的なことを訊きたいんだけどさ」

「ん？」

「同棲してるカップルが別れる原因って何？」

葉子は笑ってうつむいた。「なんで今そんなこと訊くの」と言いながらまた私の顔を見る。

「いや、男女のすれ違いってどういうところで生まれるのかなぁと思ってさ」

サラダをフォークでいじりながらそう言うと、葉子は「なるほど」と笑ってから少し黙った。

「まぁやっぱり、一番はお互いが素直になれないことじゃない？　何かの問題が起こって話し合いをするときでも、どっちも自分の領土を守りながらだったりするしね。日々のちょっとしたことが積み重なって、それがだんだん溝になって……あとはセックスレスとかさ」

　あー、と思わず声が出た。自分たちも長いあいだしていないことを明かすと「そうなの？」と葉子が少し驚いた顔をする。

「うん。もともと私があんまり好きじゃないっていうのもあるんだけどね。仕事が忙しいとまったくそんな気になれない」

「そっか……その分触れ合ったりもなし？」

「ないなぁ。その雰囲気に持っていくのが面倒臭い」

「でも一度は結婚しようと思ったんでしょ？　そのときはなんで彼を選んだわけ？　ただ一緒にいるのが楽だから結婚しようと思ったってこと？」

　人に訊かれるたびに適当に答えていたそのことをあたらめて考えてみる。明確な何かに惹かれたわけじゃないからこそ言葉にするのは難しい。

「うーん……なんだろね。人間的に信用できるなって思ったのもあるし、一緒にいて居心地が良かったっていうのもあるけど、なんていうか、それとは別に自分がどっかで結婚したかったっていうのが大きいのかな。ほら、今年で三十だしさ、やっぱりだんだん焦るわけよ」

女の葉子にはそれだけ言えば十分だった。表向きは気にしていないフリをしていたけれど、周りも結婚していくし、子どもを持つかどうかわからなくても、歳を取ればその選択肢すら徐々に危うくなっていく。仕事だってずっと続けることはできても、いいポストが約束されているわけではないのだ。

「なんかこのまま電車に乗りそびれたら、私ずーっとホームに取り残されるんじゃないかと思ってさ。だからたまたま目の前に良さそうな感じの電車が停まって、思わず乗り込んじゃったっていうのが本音かな」

「じゃあプロポーズ受けたこと後悔してるの？」

「うーん、後悔っていうか……そのときはいいなと思って承諾したんだけど、あらためて考えたときに結婚って一生のことなんだなって思ったら、ちょっとびびったんだよね。生活のこととかお金のこととか、佑人は先行きもわかんないしさ、仕事もずっとくすぶってるみたいだし、私、あの人のこと引き受けられるのかなって思って」

「なるほど。そりゃマリッジブルーになっても仕方ないかもね」

夕食後の洗い物を済ませて晩酌でもしようかとなったところでテーブルの上の私のスマホがバイブした。葉子が彼じゃないかと言うので取り上げる。予想に反して多賀谷さんからのメールだったから視線が画面に吸い寄せられた。依頼した小説の表紙の写真の件で、撮影場所を決めたからロケハンに付き合ってもらえないかと書いてある。

「彼から？」

「いや、仕事」

なんでもない顔で答えつつも「ホントに仕事か？」と自問した。仕事のメールにしては面倒だという気持ちがない。


小説の中の印象的な場面が夜の遊園地だということもあり、夕方の六時半に多賀谷さんが指定した都内の遊園地の入口の前で待ち合わせをした。あとからやってきた多賀谷さんは黒いTシャツに黒いデニムというシンプルながらも大人っぽい格好で、足もとだけネオンカラーのスニーカーを履いていた。首からかけている一眼レフが唯一の仕事道具らしい。

「すみません、お時間とっていただいて」

「いいえ、こちらもメールしなきゃと思ってたので助かりました」

好意を出す量に気をつけながらゲートをくぐる。夜のとばりが下りてきている遊園地の乗り物にはもう電飾が点いていた。レールが白く浮かび上がっているジェットコースターからは悲鳴が聞こえ、観覧車はまるで大きな花火のように鮮やかな光を放っている。時間帯のせいか園内にはカップルも多かった。

「まずは何からいきましょうか。一応目星はつけてるんですけども……」

多賀谷さんが園内マップに視線を落とす。場所が場所だからデートみたいだなと思っていたが、相手はあくまでも真面目に仕事をしようとしているようだった。でも別に事務的にやっているふうでもない。このあいだ一緒にご飯を食べたおかげで、仕事だけど楽しみながらやりましょうという空気を感じた。

作りものの夢を思わせる、メルヘンチックで幻想的な世界観。夜の遊園地なんて久しく来ていなかったけれど、こうして見るときれいなものだ。電飾がにぎやかなメリーゴーラウンドの前に立って上下しながら流れていく馬を眺めていると、「ちょっと撮ってみましょうか」と言って多賀谷さんがその場を離れた。少し距離を置いた場所でカメラを構え、何枚か撮ってからまた戻ってくる。部分を写すなら近くで撮った方がいいんじゃないかと言ったのだけど、そうでもないようだった。

「近くで部分を撮ってしまうと、その乗り物の全体像しか想像できないので……」

多賀谷さんはそう言うと、今撮ってきたらしい写真をカメラの液晶モニターで見せた。

「こんなふうにあえて外して撮る方が余白で想像できるんです」

見せられたものを見て「あぁ」と思わず納得の声が出る。感情のない夜の暗闇の端っこに、電飾のついた屋根の一部が写っていた。屋根だけしか入れないことで、そこがどういう場所なのかを想像させる写真になっている。切り取った屋根の分量が絶妙と言うしかない。それがなんなのかすぐにわかるし、同時に匿名性も生んでいる。

「じゃあこんな感じでいくつか撮っていってもいいですか？」

「あ、はい。お願いします」

それからは撮った写真を見せられるたびに感心せざるを得なかった。コーヒーカップもジェットコースターも観覧車も、多賀谷さんがその部分を切り取ると架空の遊園地の一部になる。しかもすごいのは撮影にほとんど迷いがないことだった。おまけに毎回私の意見をちゃんと聞こうとしてくれるし、場が硬くならないように適度に会話もしてくれる。この安定した魅力はどこから生まれてくるんだろうとカメラを構えている横顔を見ながら思った。佑人が持っていないものをこの人は確実に持っている。

「あの、ひとつ訊いてもいいですか？」

私が訊くと「なんですか？」と多賀谷さんが目を向ける。乗りませんかと誘われた観覧車のゴンドラの中は思ったよりも薄暗かった。お互いの声が変なふうに反響する。

「多賀谷さんは仕事で悩んだりすることってあるんですか？」

「そりゃありますよ。表現の世界には正解がないですからね。いつも悩んでばかりです」

にっこり笑った多賀谷さんに「そうですか……」という感じでうなずく。二人で向かい合わせに座っているから多少の距離はあるけれど、地上から離れている密室だからやっぱり少しは緊張していた。これってどう考えても仕事じゃないよな、と思っていると「どうしてですか？」と多賀谷さんが訊き返す。

「いや、今日ご一緒させていただいて、迷いなく仕事をされてる印象を受けたので」

「あー、まぁ今日のはロケハンですからね。カメラマンにとっては下書きみたいなもんですから。悩むのはいつも完成度をどうやって高めていくかっていう過程の中が多いです。たしかにおおもとのことではあんまり悩まないかもしれませんね」

「それはなんで悩まないんですか？」

「んー、好きなことをやってるっていうのと、あとはフェチだからじゃないですか？」

「フェチ？」

急に不相応な言葉が入ってきたように思えたので顔をしかめる。多賀谷さんは「はい」と笑ってうなずいた。

「あくまでも個人的な意見ですけどね。ほとんどの表現はフェチみたいなもんじゃないのかなって思うんです。僕の場合は何においても部分が好きな『部分フェチ』っていうか、昔から本体よりも部分に目がいく人間だったんですよね。作り手として揺らがないかどうかっていうのは、そのフェチに対して正直になれるかどうかだと思うんです。それさえできたら根本のところであまり悩むことはない。たとえ世間的に評価されなくても、表現としてのエネルギーは出ますから」

初めて聞いた意見だったが、説得力はある気がした。悩む悩まないという言葉が出たせいか、二人だけの空間にいつのまにか佑人が混ざり込んでくる。

「そのフェチに対して正直になる方法ってあるんですか？」

「そう……ですね。覚悟の問題じゃないですか。好きなものに対して自分を差し出せるかどうかっていう。恋愛と一緒ですよ。守ってるうちは本気の好きじゃないんです。自分をまるごと差し出せたら、やっぱりそれが一番強いし、周りの目なんか気にならなくなる」

佑人もそうできるんだろうか。あの人がなんのフェチなのかは知らないが、そんな方法があるのなら、今からだって十分に巻き返せるような気がした。たしかにあの人は人目を気にして自分を出さないところがある。

「あーなんか……やっぱダメだな」

多賀谷さんがぼやくように言ったので「えっ？」と思わず聞き返す。薄暗いゴンドラの中に小さな溜め息がひとつこぼれた。何かに負けたみたいに下を見ている多賀谷さんの口もとになぜか笑みが浮かんでいる。

「一緒に仕事する人に言うべきことじゃないのはよくわかってるんですけど、僕、望月さんのことが好きなんです」

何が起こったのかわからなくて、ただただ多賀谷さんの顔を見た。びっくりしすぎて言葉が出ない。動悸が速くなっていることに遅れて気づいた。

「驚かれるのはわかります。でも初めて会ったときからタイプだなと思ってて、ただ飯塚さんに訊いたら近々結婚するって言うし、『あぁそっか』って一度はあきらめたんですけど、こないだ個展を見に来てくださったじゃないですか。あのあと一緒に食事に行って、そのときに望月さんが真剣に仕事の依頼をしてくださったのが忘れられないんです。なんだかんだ依頼してくる人って気持ちがないっていうか、結局何かを都合良く埋めるために仕事を持ちかけてくる人が多いですから。砂漠で水をもらったって言えばいいんですかね、自分がいいなって思ってる人がそんなふうに真面目に仕事の依頼をしてくれたことが嬉しくて、そこで完璧に好きになっちゃったんです」

あまりはっきりとした記憶がないそのときのことを糸をたぐるようにして思い出す。一緒に仕事をしたいという下心はたしかにあったが、実際に依頼したときはそんな邪心もすっかり消えていたような覚えがある。

気がつくと多賀谷さんがドキッとするような目で私のことを見つめていた。でも口もとはその真面目さを和らげるみたいに控えめな笑みを作っている。

「ホントに結婚しちゃうんですか？」

放心状態で家路に就いて、葉子のマンションのエレベーターのボタンを押した。行き場のない嬉しさと戸惑いが意味のない苦笑いを連れてくる。なんだこれ、というのが、さっきから浮かんでいる感想だった。預かっている鍵で玄関のドアを開け、カーペットの敷かれた廊下を歩いてリビングに入ると、「おかえり」と声をかけた葉子が反応の薄い私を見て不審そうな顔をする。

「どうかしたの？」

「わけがわからないことになった」

「は？　どういうこと？」

葉子が玄関に突っ立ったままの私のところへやってくる。もう隠すのは無理そうだった。こんな状況、一人じゃとても持ちこたえられない。

「なんというかまぁ……あんたホント何やってんの」

一部始終を聞いた葉子は驚きを通り越して呆れていた。テーブルの上には葉子が出してくれたコーラの缶が置いてある。なんでコーラなのかはわからなかったが、飲んでちょっと落ち着いたようなところもあった。こういうときには炭酸が効くなんて知らなかった。

「で、正直な話、どっちがいいの？」

葉子も私も答えるまでもないことなのはわかっていた。佑人を選んでいるのならそもそも相談する必要はない。

「まぁでもよくある話だけどね。婚約中に告白されるって」

「そうなの？」

びっくりする私に葉子は短くうなずいた。

「後悔したくないからっていう理由で隠してた想いを打ち明けてくる人ってけっこういるのよ。でもその写真家の人もそうだけど、どんなに素敵に見える人でも婚約中に好意を伝えてくる人はまともじゃないってことだけはわかっときなさいよ。もしそれでうまくいったらどうなるかっていう想像がちゃんとできてないってことだからね？」

「どういうこと？」

「自分の行いがたくさんの人に迷惑をかけるかもしれないってことよ」

なんの欠点もないはずだった多賀谷さんが急に頭の足りない人になった気がした。たしかにそういう視点もあるか……と思っていると、バッグの中でスマホが震える音がする。

多賀谷さんかと出してみたらメールは佑人で、本文を読むなり死にたくなった。

「今度は何？」

「佑人からメール来た……会って話がしたいって」

葉子は短い溜め息をついた。タイミングがいいのか悪いのか、という顔をしている。

「まぁわかるよ？　里奈が悩むのは。女の人の人生ってさ、結婚によって開かれていく部分があるのよね。それをすることで新しい人生が歩めるっていうか、人によっては仕事も辞めて、住むところも変えて、相手の家に入って、子どもも産んでってことになったりするじゃない？　それってものすごく大きな変化だし、今までとはまったく違う人生が急に自分の目の前に現れることだったりするのよね。そこまで生活が変わらない人でもさ、やっぱりどっかで今の自分の人生を変えられるんじゃないかっていう期待があるし。男の人はそんなことないのよ。結婚しても自分の人生が多少分厚くなるくらいの話で、今まで歩いてきた道の延長に過ぎないだろうからさ」

ゆっくり何度もうなずきながら自分の手もとに視線を落とす。もし多賀谷さんと付き合って結婚できたら私の人生はまったく違うものになるだろう。外国に住むかもしれないし、有名な写真家の奥さん、ということになるかもしれない。

「……でもさ、佑人との生活を全部捨てて多賀谷さんの方に行ったとしても、結婚できるかどうかはわかんないんだよね。付き合ってみたら全然うまくいかないかもしれないし、向こうが私のことをどれだけ知ってるかって言ったらまったく知らないだろうしさ」

薄暗い観覧車の中で座っていた多賀谷さんの姿がよみがえる。あの人は私の上辺しか見ていない。そしてそれは私も一緒なんだろう。

「そうねー。まぁ自分がアラサーっていうのがネックだね。まだ十分可能性がある年齢とも言えるし、かと言って余裕があるわけでもないし」

歳の近い相手と結婚する一番のズレはそこだった。私はもう現実を考えなければいけない年齢だけど、なんだかんだ言っても佑人はまだまだこれからだ。結婚適齢期の男女の一年は一緒じゃない。

「噛み合わないなら考え直せば？　無理して結婚する必要はないと思うよ？」

「それって婚約破棄するってこと？」

「そこまでしなくても一回白紙に戻してほしいって言えばいいじゃない。それでゆっくり考えて、やっぱり無理だなと思ったらやめる方法もあるんじゃないの？」

「でも白紙に戻すのだって大変でしょ？　もう周りの人にも言っちゃってるしさ」

「そりゃそうだけど、だからって結婚するって話でもないでしょ」

葉子の言うことには納得できた。現実的だし、リスクも少ない。問題は佑人にどう話すかということだ。なるべく波風を立てずに伝えたい。

夕食の仕度の合間にふと思い立ってｉＰｈｏｎｅを出し、里奈からの返信が来ていないかをたしかめた。ある程度時間を置いた上での話し合いの提案だから聞き入れてもらえるんじゃないかと思ったが、何の変化もない画面を見るたび少しずつ気持ちは削られていく。メールの返事を待つのって嫌な時間だ。

里奈が家にいなかったこの二日で出した答え。向こうが結婚に対して消極的になっているのなら、婚約はいったん白紙に戻す。本当はもう結婚そのものをあきらめるべきなのかもしれないが、里奈もそこまでは思っていないかもしれないし、俺の方にだって望みは欲しい。でもたとえ白紙に戻すことになったところで、そこからまた結婚の道を作っていけるかというとかなり難しそうだった。余程のことでもない限り、このボタンの掛け違えのような状況が好転するとは思えない。

野菜炒めを口に入れ、食卓の脇でごろんと横になっているナギに目をやりながら咀嚼する。目の前に並んでいる夕食は、さっき作ったばかりなのにおいしくなかった。こんなふうに一人で食事をしていると、また独身の生活に戻るのかなと思う。ナギと暮らす静かな生活。朝晩二回の散歩に行って、家の中で仕事をし、毎日自分の分の食事を用意してそれを食べ、誰にごちそうさまを言われることもなく洗い物をする。里奈が持ち帰ってくる外の空気や、彼女が家にいるときに感じる漠然とした安心感も消えてなくなってしまうのだ。

味気ない食事を終えて台所で食器を洗っていると、食卓の上のｉＰｈｏｎｅから電話の着信を知らせるマリンバのメロディーが鳴りだした。里奈かと思って画面を覗《のぞ》き込んでみたのだが、多田くんの名前が出ていたので濡れた手のまま取り上げる。

「もしもし」

「あ、佑人さん？　今、電話大丈夫ですか？」

「うん。どしたん？」

自分の声が明るく繕ったものになっている。多田くんはどこか外にいるようだった。がやがやとした喧噪が一緒になって聞こえている。

「いや、忙しかったらいいんですけど、今から公開告白するんで、もし良かったら見に来ませんか？」

「は？　どういうこと？」

「藤倉さんに告白するんです」

いきなりすぎて話に全然ついていけない。詳しく事情を聞こうとすると、電車に乗るので詳細はメールで送ると言われて電話が切れた。通話終了になった画面を見て、ちょっと笑ってしまいながら再び台所に戻る。残りの食器を洗い終え、フライパンをコンロの火で乾かしているときに多田くんからメールが来た。場所と時間が書かれていて、指定のスターバックスに十時に来られませんかと言っている。

画面の端に表示されている時計を見ると、まだ九時二十分だったので別に行けなくはなさそうだった。話し合いを控えている身ではあるけれど、里奈からの返事も来ていないし、ちょっと出かけるくらいならいいだろう。それにこのまま家にいたら、暗いことばかり考えそうだ。

メールに記載されていたスターバックスまでは電車と徒歩で十五分もかからなかった。温かみのある店内を覗き込みながらガラス張りのドアを開けると、緑のエプロンをつけた愛想のいい店員が「こんばんはー」と俺に微笑む。奥のテーブル席に座っていた多田くんは、俺がアイスラテを持って席まで行くと「お疲れさまです」と頭を下げた。

「すんません、呼び出して」

「いや、それはいいけどさ……」

多田くんはよくわからないクリームがのったフラペチーノ系の飲み物を飲んでいた。いかにも彼らしいチョイスだなと微笑ましくなる。店内はそこそこ混んでいて、そんなに間隔は狭くはないが、右にも左にも人がいた。

「で？　公開告白ってどういうこと？」

「言葉のままです。もう少ししたら藤倉さんがここに来ますんで」

「マジで？　なんて言って呼び出したん？」

「ちょっと仕事のことで相談があるって」

ベタな理由だなとは思ったが、そんなのはまぁどうでもいい。それよりも気になったのは、なんで急に告白することにしたのかということだった。片想いな上、全然可能性もないんですと相談されたのはついこないだのことだったのだ。

「うーん、悩むのに飽きたんですよね、簡単に言うと。なんかいろいろ悩んでも、結局自分の頭の中のことでしかないのかなって」

「いや、気持ちはわからんでもないけどさ、いきなり言って大丈夫なん？　もうちょっと距離詰めてからの方がいいんじゃないの？」

同じ職場なのだし、働きづらくなっても困るのではないかと尋ねると、多田くんはそのへんは十分わかっているのだと言った。

「でも好きなのを隠して少しずつ距離詰めるのも、なんか姑息じゃないですか。だったらもうシンプルに、すぱっと想いを伝える方がいいような気がするんです」

この落ち着きようから判断しても、投げやりになっているわけではないらしい。たしかに多田くんの言う通り、しかるべき仲になってから告白しなければいけない決まりがあるわけではないのだ。

「あ、メール来た」

テーブルの上のスマホを覗き込んだ多田くんが「もう来るみたいです」と俺を見る。とたんに自分も緊張してきて、慌てながらもどこにいればいいかを尋ねた。あーそうですね、と応えた多田くんが、首を伸ばして店内をきょろきょろ見回す。

「じゃあ申し訳ないですけど、あっちの隅の方の席で見ててもらってもいいっすか？　男、多田、奇跡を起こしてみせますので」

すげー腹のくくりようだなと思いながら飲み物を持って席を立つ。たしか高一くらいのときにこんな感じで友達の告白を盗み見たことがあったけど、まさか三十にもなって同じ経験をすることになるとは思わなかった。

隅っこの席を確保して入口をしばらく気にしていると、ほどなくして知っている顔が店の中に入ってきた。束ねられた長い黒髪に涼しげな目もと。整った顔立ちは遠くからでも目立っていて、本当にきれいな人だなとあらためて思う。藤倉さんは手を上げている多田くんに気がつくと、飲み物の注文をするためにレジカウンターに近づいた。穴の開いた新聞紙……は、やりすぎだけど、何か顔を隠すものを持ってくれば良かったなと後悔する。気づかれたら面倒なことになりそうだ。

やがて藤倉さんが席につき、多田くんが迎え入れるような笑顔で話し始めた。胸の鼓動がどんどん速くなっていく。手で陽射しを避けるようにして目を覆い、ｉＰｈｏｎｅをいじるフリをしながら二人が喋っているのを盗み見た。知っている人の恋愛を盗み見るのって、なんでこんなに緊張するのか誰か説明してほしい。

もう少し予兆みたいなものがあるのかと思っていたのだが、多田くんはわりと早い段階で頭を下げて手を差し出した。俺らの世代には馴染み深い「お願いします」方式だ。結果はいかに、とドキドキしながら二人をガン見していると、藤倉さんの頭が深々と、でもはっきりと「ごめんなさい」の弧を描いてもとに戻った。

「せーかいにひーとつだーけのはーな、ひとりーひとーりちーがうたーねをーもつ♪」

お世辞にもうまいとは言えない単調な歌声が部屋の中に響き渡る。傷を癒すためにカラオケに行きたいですと言われて付き合ったのだが、マイクを握った多田くんはさっきから二回連続で「世界に一つだけの花」を歌っていた。（誰かの）ナンバーワンにならなくてもいい、もともと特別なオンリーワン、という歌詞が失恋の痛手には効くらしい。

「佑人さんも歌ってくださいよぉ！」

マイクを通した声にせっつかれ、「いや、歌いますけどね……」とうろたえながらタッチパネル式のリモコンを引き寄せた。ぽちぽちとボタンをいじってはみるものの、あまり歌いたい気分になれない。ずいぶん前に里奈に送ったメールにもまだ返信は来ていなかった。なりゆき上仕方なかったとはいえ、俺はなんでここにいるのか、いったい何をしているのか、自分でもよくわからなくなる。

「なぁ、一個訊いてもいいかな？」

歌い終わるのを待ってから尋ねると、ソファに座った多田くんは「なんすか」と言って俺を見た。テーブルの上にある安物のジンジャエールを手に取って、どう訊いたらいいものか思案する。

「どれくらい勝算があったわけ？」

「勝算っすか？　そうですねぇ。五パーくらいはありましたよ」

五パー……とストローに口をつけながら絶句する。でも多田くんの五パーセントには普通の人が言う三十パーセントくらいの明るさがあった。今だって本当に落ち込んでいるかどうかわからないのだ。

歌う気のない俺からリモコンを引きとった多田くんが再び画面をいじり始める。心の内が見えないその横顔を見ていて思うのは、藤倉さんに告白していた多田くんは格好よかったな、ということだった。公衆の面前で「お願いします」と手を差し出されて、された方は迷惑だったかもしれないが、想いの伝え方としてはかなり潔い感じがする。自分も里奈にあれくらいの男気で「やっぱり結婚してほしい」と言うべきだろうか。

「俺にも多田くんの勇気があったらな……」

ぼやくようにそう言うと、多田くんは俺の方を見て怪訝そうな顔をした。「誰かに告白するんすか？」と誤解を与えたようなので、そういうんじゃないんやけど、と笑って首を振る。

「いや、実はさ。今、婚約破棄の危機やねん」

言うつもりはなかったのだが、吐き出してしまうと気持ちがずいぶん楽になる。多田くんはうまく呑み込めないらしく、「どういうことですか？」と眉間にしわを寄せていた。一度明かしてしまった以上、今に至るまでの経緯をかいつまんで説明したのだけれど、アホの学生みたいに目を見開いて「マジっすか？」を連発している。

「すごいっすね。っていうか里奈さんは佑人さんの仕事のことはわかった上で結婚を決めたんじゃないんですか？」

「うーん、そうやと思っててんけどな。まぁ将来が不安になったんじゃない？」

「えーっ、それは今更すぎるでしょ。そういうのって普通は婚約する前に悩むことじゃないですか」

多田くんが思いのほか味方になってくれたのでちょっと救われた気持ちになる。でもそうかと言って一緒になって里奈を責めるつもりはなかった。結婚は一生のことなのだ。たとえ一度は決めたとしても、よくよく考えたときにやっぱり怖くなることは十分あり得る。

「でもどうなんですか？　それだったら『これからは必死で働く』って里奈さんに約束したら済みそうな感じもしますけどね」

「あー……そうやな。それができひんからあかんのやろな」

「なんでできないんすか？」

何度か自問してみたことをあらためて考えてみる。まず一つは信用の問題だった。これからは必死に働きますと言ったところで、俺のことをよく知っている里奈はその言葉を真に受けたりはしないだろう。でもたしかに自分に足りていないのは、そういうある種の覚悟みたいなものだった。結局のところ何かを本気で求めるための覚悟を決めていないから、ずるずると実りのない日々を送ってしまっているのだ。

「多田くんの言う通りかもな。何かを約束するのって口だけになるのが怖いんやけど、そうやって約束を避けることで自分を守ってるだけなんかも。明確に言葉にしいひんかったら、いくらでも逃げ道作れるもんな」

「うーん、まぁそこまでして結婚したいかどうかっていうのは前提としてありますけどね」

その部分をもう一度自分に問いかけてみる。でもやっぱり里奈と結婚したい気持ちに嘘はなかった。結局必死で働くとかそういうのはどうでもいいことなのだ。そうではなくて、何かを得ようとするならば、その対価を支払わなければいけないだけ。それが結婚だけでなくすべての原則であることを、俺がわかっていなかった。

「じゃあもう悩まなくていいじゃないですか。もう一回アタックしましょうよ」

多田くんが事もなげに言うので、なんだかうまく言いくるめられたような気持ちになる。ただすごく納得したところもあるから、ダメもとでもなんでも気持ちを伝えて里奈の答えを訊くべきだった。再びマイクを持った多田くんが、俺への応援歌としてZARDの「負けないで」を歌いだす。心に染みるいい歌だ。こんなふうに励ましてくれる人がいるのなら、傷つくのだって怖くない。


昇っていくエレベーターの中で壁にもたれて、相変わらず里奈からの返信がないことを確認する。予想通りとはいえ落胆しながらマンションの薄暗い廊下を歩いてドアを開けると、部屋に電気が点いていた。まさかとは思ったが、里奈が帰っているらしい。ちょっと驚きを隠せずにいると、奥で洗面所のドアが開く音がして、案の定里奈が現れた。

「あ、おかえり……」

「……ただいま」

一応挨拶はしたものの、逆だったなと思う。この家に数日ぶりに帰ってきたのは里奈の方なのだ。いまいち自分を取り戻せないまま家に上がって、尻尾を振っているナギの体を撫でながら再び里奈の方を見た。

「ごめん、ちょっと出かけてて……」

「うん」

里奈は風呂に入ったらしく、まだ髪が濡れているすっぴんの部屋着姿で肩にバスタオルをかけていた。なんで帰ってきたんだろうという疑問はあったが、メールを見て返事をせずに帰ってきたということも考えられる。辺りにただよう微妙な空気に、多少の距離を感じざるを得なかった。でもこのまま何もしないわけにもいかない。

「なぁ。今、ちょっと話す時間あるかな?」

そう切り出すと、里奈は俺を一瞥してから「うん……」と小さくうなずいた。食卓の椅子に腰を下ろして、同じように里奈が空いている方の席につくのを待つ。向かい合わせになって座ると、久しぶりに二人の生活が戻った気がした。目の前にいるのが代えのきかない存在であるのを感じて、やっぱり俺はこの人が好きなんだなと思う。

「あのさ」

「うん」

「しばらくおらんかったやんか？　そのあいだにいろいろ考えた。やっぱりもう無理なんかなって。前に里奈が言ったように、俺は今あるもんに甘えてる。仕事もさ、食えんくなったら辞めるとか言ってたけど、結局辞められへんと思うし。全部里奈の言う通りやわ」

里奈は何も答えずに小さくうなずいてうつむいた。沈黙がまた降りてきて、次に何を話せばいいのかが見えなくなる。ふと目をやると、ナギは食卓の脇のスペースで伏せの姿勢になって自分の前足を舐めていた。呑気にそんなことをしていられるのが、ほんの少しだけ羨ましい。

「……仕事は、今はこんなんやけど、これから少しずつ良くなっていくとは思う。最近になってようやく周りのことを気にせずに書けるようになってきたところもあるからさ、だから、不安定かもしれんけど、俺としてはこの仕事を続けていきたいと思ってる。……でもそうは言っても保証はないし、先行きが見えんことに違いはないから、三年やって食えるようにならんかったらきっぱり辞める。辞められへんとは言ったけどさ、やっぱケジメは必要やしな。それはここで約束する」

自分としてはかなり思い切ったつもりだったのだけど、その真剣さが相手に届いている気配はなかった。里奈は変わらずうつむいて、俺の言葉をただ体に受けているだけだ。もう今さら何を言っても無駄なくらいに溝が広がっているのかもしれなかった。相手が聞いてくれないと思うと、伝えようとする意思も揺らいでしまって、どんどん弱気になっていく。

うー、と横から不満げなうなり声がして、見るとナギがうらめしそうにこっちを見ていた。里奈と俺が二人で話し込んでいるからだろう、自分にかまえと言わんばかりに睨みながら短い尻尾を振っている。ハウスを命じて大人しくさせようかと思ったが、なんとなく席を立ってナギの体を抱き上げた。椅子に戻って膝の上に乗せ、喉の辺りを撫でてやる。なだめるためにやったのだけど、自分の方も少し気分が落ち着いた。助けられたな、と内心思う。

さっきまで話していたことをいったん流して、もう一度しきり直せないか考えてみたけれど、正直何も浮かばなかった。何か言わなければ、という焦りだけが頭の中で膨らんでいく。

「……なんかさ、結婚って不思議なもんよな」

自分でも何を言いだしたんだろうとは思ったが、悪い感じはしなかった。やわらかい生き物が膝もとにいるせいか、何かに守られているような気がする。

「結婚するって周りに報告するようになってからさ、『なんで決めたん?』ってよく訊かれたんやけど、明確な理由って結局わからんかったのよな。もうすでに結婚してる人に同じ質問をしたところで、やっぱりなんか腑に落ちんようなところがあるし。実際にははっきりした理由なんてきっとないんやと思うねん。それらしい理由をあとでつけて人に説明してるだけで、たとえば同じ要素があったとしても、もし相手が違ったら結婚せんかったかもしれんわけやし。そうなるともう縁でしかないような気がするのよな」

べらべらと喋っているわりには心の中は落ち着いていて、ここから何かが生まれてくるような予感があった。今までとは違う、里奈の心にちゃんと届く話をしたい。

「でも、なんていうのかな……結婚する理由はわからんくても、この人と一緒にいたいとか、この人を逃したくないっていう気持ちだけは、みんな一緒なんじゃないかって気がすんねん。……俺、ここ何日かで、里奈ともし結婚せんかった場合の生活を想像したんやけど、今ここにある生活がまるまる消えるって考えたら、なかなかキツいなって思ったのよな。里奈はどうかわからんけど、俺はこの生活がけっこう気に入っててさ、できるならずっと続いてほしいと思ってんねん。でも結婚できひんってなったら、当然それはなくなるやろうし。そう思うとな……」

いつからそうなったのかはわからないけど、今話していることは里奈に伝わっている感じがした。何より閉じかけていた自分の心に風が通っている気がする。

「結婚せずに別れるのも、決断するのはある意味簡単やと思う。でもそうやって決めたことが現実の形をとったときに、俺はそれにちょっと耐えられそうにない。里奈と結婚せぇへんっていうことは、ここにある生活を全部失うっていうことや。それは俺にはキツ過ぎる。もう一人には戻りたくない」

言ったことが自分の心にしっくりハマったような感じがあった。求めているものが明確になったからこそ迷いもなくなる。気持ちがしんと澄み切って、いつのまにか告白した多田くんと同じ場所に立っていた。

「俺らの関係はもうダメになってんのかもしれんけど、俺はあきらめたくないし、ずっと一緒にいたいと思ってる。里奈はどうかな？　俺はそういうふうに思ってるんやけど、里奈はどうしたい？」

無事に向こうにボールが渡って、緊張しつつも返事を待った。顔はうつむいているけれど、さっきまでの里奈とは違って、俺の言ったことに何かしら感じてくれているのがわかる。何かを探すように左右に振れていた里奈の目が、ようやくのことで俺を見た。そこから言葉が出てくるまでに、数秒の時間がかかる。

「……ごめん。やっぱりちょっと……考えたい」

「そっか……」

もう一歩のところで届かなかったという思いがあった。うなずきながら目を伏せて「わかった」と言ってから飾りの笑みを浮かべてみせる。残念だけど悔いはなかった。結婚は二つの心の嚙み合わせの問題だ。俺一人で決められることじゃない。

「……でも、ありがとう。嬉しかった」

急に里奈が言ったので「ん？」と思わず聞き返す。

「さっき言ってくれたやつ。嬉しかった。ありがとう」

そこまで言われてようやく気づく。あぁ、と笑ってそれに応えた。なんだか二度目のプロポーズみたいだったなと思う。

張りつめていた空気がほどけて、とりあえず自分のすべきことは済んだのだけど、この部屋にずっと居続けるのは無理そうだった。ナギの夜の散歩にまだ行っていなかったので、里奈にその旨を伝えて席を立つ。いつものようにナギに首輪をつけてから玄関のドアを開けて外に出た。鍵を差し込み、再びロックをかけながら、少しの寂しさにとらわれているのに気づく。後悔はないはずだったのだけど、やっぱり多少は胸が痛んだ。行かないのかという感じで俺を見上げているナギを見返してから溜め息をつく。

◇

肩にかけていたバスタオルを取り上げて、まだ少し濡れている髪を力なく拭き始める。婚約を白紙に戻してほしいと言うつもりで帰ってきたのに、リセットされてしまったのは自分の気持ちの方だった。佑人が言ったいくつかのこと。仕事の条件を出してきたこともちょっと驚きはしたけれど、そのあとに言っていた「二人の生活を失いたくない」という言葉が今も残り続けている。白紙に戻してもこの生活がなくなるわけではないけれど、多賀谷さんを選んだ場合、最終的にそれは消えてなくなってしまうのだ。さっき佑人に言われるまで、そのことを一度も考えなかった。

部屋の中は妙に静かで、耳をすましても冷蔵庫のサーモスタットの音がわずかに聞こえるだけだった。ときどき佑人の、ああやって言葉を尽くして気持ちをちゃんと伝えてくる技術に感心する。どちらかと言えば男の人はあまりそういうことをしないと思うのだけど、佑人は曖昧なものを言葉にするのがうまいというか、自分が本当に思っていることなら臆せずに口に出すところがある。一緒にいて心に石を投げ込まれるのはいつもそういうときだった。佑人の言葉は変に残る。杭のように刺さって抜けなくなるのだ。

とりとめのないことをいつまでも一人で考えていると、椅子の背もたれの片側にかけていたバッグの中でスマホが震える音がした。電話の着信のようなので、手探りで引っぱり出して画面を見る。心拍数が上がったのを感じつつも気を落ち着けて電話に出た。多賀谷さんからの着信だ。

「もしもし」

「すみません、夜分遅くに。多賀谷です」

低いのに柔らかい、体の内側をそっと撫でていく声。「あ、はい……」と答えながら、緊張しているのが自分でわかった。

「今日はロケハンに付き合っていただいてありがとうございました。それであの、観覧車で言ったことなんですけど……」

観覧車、という言葉を聞くなり、無理やり引っ張られたみたいに数時間前に引き戻される。それから間が空いたのだけど、向こうは言いにくくて黙っているわけではなさそうだった。しかるべき間を置いて、歩調が合うのを待っているみたいに思える。

「……あれ、冷やかしじゃないですから。婚約してる方にそんな軽率なこと言ったりしません。気が早過ぎるかもしれませんけど、僕は結婚も考えてます。それだけ言っておこうと思って」

頭が現実についていかない。相手からの強い気持ちは感じているのに、すべてがハリボテの言葉みたいに思えた。急に自分が独りぼっちになっていくようで、うまく言葉が出てこなくなる。

「どうかしましたか？」

「……あ、いえ、なんでもないです」

この人は私の何を見て結婚したいと言っているんだろう？

なんでこんな現実味のないことをさらりと言ってしまえるんだろう？

そのあとの言葉はただ耳をかすめていくだけだった。声は聞こえているけれど、まったく頭に入らないまま会話を終えて電話を切る。再び部屋に一人になると、今さっきまでのやりとりが余熱みたいにまだそこらに残っていた。なんだか時間の感覚がわからない。過去の自分が、今の自分とはまったく別人であるようにすら思えてくる。

ずるずると前のめりになって食卓の上に突っ伏すと、木目の天板のひんやりとした冷たさがほっぺたを通して伝わってきた。しばらく目を閉じたまま、己の身勝手さをかえりみる。好きになったり、勝手に冷めたり、しかも自分は何もしないで、ただ受け身でいただけだ。

体の中がからっぽで、感覚さえも薄ぼんやりとした空虚なものになっていくようだった。結婚という人生の大きな選択をするために、一生を左右することだからと臆病さを正当化して盾にして、呆れるくらい自分のことしか考えなかった。何をやっているんだろうな、と思う。自分勝手に求めるだけでは人を傷つけていくだけだ。

バカなことをした、と後悔しても佑人には当然打ち明けられず、その夜はベッドに入っても、なかなか眠りにつけなかった。自分と向き合うのもいい加減面倒になってきて、特に用もなくツイッターを見たりして適当に気分を紛らわす。でも考えないようにすればするほど、このまま一人で生きていくことになるんじゃないかという不安が大きくなった。最低な自分を知られる前に佑人との関係を戻したい。

うんざりしつつもベッドから身を起こし、床に落ちているものを踏みつけながら何か飲もうとリビングに出る。すると明かりが点いていて、佑人が食卓で仕事をしていた。私が起きてきたのに気づいたナギが嬉しそうに耳を寝かせて走ってくる。柔らかい毛に覆われた体を撫でると、顔を上げたときに佑人と目が合って「どした？」と訊かれた。

「ん……ちょっと。眠れなくて」

「そっか。なんか飲む？」

「うん。あ、でもいいよ。自分でやるから」

立ち上がって台所へ行き、水切りに伏せられているグラスを取り上げて浄水器の水を注いだ。たくさんの細かい泡が浮いているその水を一気に飲み干すと、さっきよりも喉の渇きがマシになる。ふと振り返り、すぐそこにある佑人の背中を見るともなくぼんやり眺めた。雄々しい感じはあんまりないのに、肩幅があるせいでやっぱり男だなと感じる背中。肩越しにはゲラの束が見えていて、その脇に修正テープと広辞苑が置かれていた。

「お茶いれよっか？」

声をかけると「ん？」と佑人が振り返る。

「お茶いらない？」

「あぁ……もらおかな」

私がそんな気づかいをするのが珍しいからだろう、佑人は少し戸惑っていた。電気ポットのふたを開けて水を入れ、セットしてから急須を出す。アルミの缶に入っている茶葉をすくって網の中に入れながら、いつからこういう気づかいをしなくなったんだろうと考えた。私は本当に自分のことばかり優先していたような気がする。

「はい」

食卓の上に湯呑みを置くと、佑人がいやに嬉しそうに「ありがと」と礼を言う。そのことに少し胸が痛んだけれど、ずっといるのも邪魔かと思い、「おやすみ」と声をかけて部屋に戻った。途中で聞こえた「おやすみ」という佑人の返事が、背中に貼り付いたまま残っている。

再びベッドにもぐり込み、暗闇の中で今したやり取りを思い返した。それが普段とあまり変わらないものだったことにほんのちょっと安心する。これからは気持ちを入れ替えてもう少し佑人のことを考えようと心に誓った。私のことだからまた戻ってしまうだろうけど、誓わないよりはここで誓った方がいい。

自然と頭によみがえるのは、これまでに二人で過ごしてきた何気ない日常のことだった。そういえば、やっぱり結婚したいということをまだ佑人に伝えていない。いつ言おう、そのうち言えばいいか、とまぶたを下ろしはしたものの、そういう怠惰な考えが今の私を作っているのだと思い直した。面倒臭い気持ちを無理やり押し退けるようにしてベッドを出る。部屋のドアを開ける前に立ち止まり、胸の中でこれまでのことをひとまとめにして「ごめんなさい」と頭を下げた。いつまでも引きずっていてもしょうがない。私は幸せになりにいく。

✦

結婚式で印象に残っている場面を挙げるなら、やっぱり花嫁が父親に付き添われてバージンロードを歩いてきたとき、と答えるだろうか。別に感極まったわけではなくて、ベールをかぶって目を伏せている里奈がなんだか妙につつましく、父親と一礼をし合って彼女が隣に来たのも含めて、大事な娘さんをもらうという感覚をひしひしと感じる儀式だなと思ったからだ。

そしてようやく祭壇の前、英会話の講師にも見える神父の前に二人で立つと、あぁ本当に結婚するんだな、とひどく当たり前のことを感じた。どこか地に足がついていない、現実と夢が半分ずつ混ざっているような不思議な感覚。自分は明らかに着せられた感のあるタキシードだし、隣には純白のウェディングドレス姿の里奈が立っていて、うしろには今日のために集まってくれた家族や親戚、そして結局呼ぶことになった友達や仕事関係の人が並んでいる。全部準備してきたこととはいえ、俺みたいな日陰者がこんな光の当たる場所にいていいのかという気持ちになるのだ。

もちろんこんな晴れやかな日は結婚式のときだけで、これから普通の生活が始まれば、明るいことばかりじゃないのもわかっている。結婚は人生の墓場だという格言があるくらいだし、現にしている人がみんな幸せになっているわけではないのだから、きっとこの先結婚したことを後悔するようなときが訪れたりもするんだろう。よく言われるように、これは俺が人生で犯した最大の過ちになるかもしれないのだ。

でも、たとえそういった懸念が不吉な雨雲みたいに辺りに浮かんでいたとしても、結婚して良かったと俺は思う。したばかりのときはみんなそう思うんだと言われるかもしれないが、だったら尚更、俺は結婚したての人間として、自分が感じていることをちゃんと言葉にしておきたい。

結婚の一番の喜びは味方ができることなのだ。肉親以外で自分のことを大事にしてくれるのは、なんだかんだ結婚相手しかいない。支えてもらえるとか、共有し合えるとかではなく、自分の存在を根本的に認めてもらえること。ひょっとしたらそれが欲しくて、人は結婚したいと思うのかもしれない。

祭壇では神父が片言の日本語で誓いの言葉を読み上げていて、もっと形式的な返事なのかと思っていたが、実際に自分が言う立場になると、嘘いつわりなく言えるものなんだなと感心した。そして横にいる里奈も同じ返事をしてくれたのが、当たり前なのだけど嬉しくなる。誓います、と決められた同じ言葉を言うことで、本当に二人の気持ちがこの場所に出揃ったような感じがあった。

あの日、俺が二度目のプロポーズをした日の夜、里奈が夜中に起きてきて、仕事をしていた俺に珍しくお茶を淹れてくれた。そして一度は部屋に引っ込んだにもかかわらず、またリビングに現れて、なんだか妙にそわそわしていると思ったら、「私、やっぱり結婚したい」と何の前置きもなく言ったのだ。そのときはかなり驚いたけれど、あの一言があったから、今のこのすっきりとした気持ちがあると言っていい。

関係が修復されて一番嬉しかったのは、結婚というひとつの目的に向かって里奈と二人で協力し合えたことだった。里奈の両親、特に母親が俺との結婚を快く思っていなかったために、何かと二人で相談したし、問題を共有できたことで距離感も以前より縮まった。衣装合わせに行ったり、結婚指輪を買いに行ったり、まぁそのへんはどちらかと言うと里奈の言うことにただ従っていた感じではあるのだが、たとえそうでも毎日が充実していたし、結婚を決めた里奈の現実的な処理能力の高さには驚かされた。俺の意見を聞きながら的確な判断をしてどんどん物事を決めていくのだ。やるときはやるタイプの典型で、その男前っぷりに惚れ直したくらいだった。

「おめでとー」

参列者からのフラワーシャワーを浴びて退場し、新郎新婦で一礼をして扉が閉まると、ようやく緊張がとけて一息つく。このあとは写真撮影をするらしく、職業的な微笑みを浮かべているスタッフに誘導されて建物内にある庭に出た。春先の柔らかな陽射しが降り注ぐ中、ウェディングドレスの裾が庭の芝生を引きずっているのを見て「色が付かないのかな」とほんの少し気にかかる。

「なぁ。今日お義母さんめっちゃ笑顔やったけど、あれは許してくらはったってことなんかな？」

撮影の準備をしているときにぼそっとそんなことを尋ねると、里奈は何を言っているんだという顔をして俺を見た。

「そんなわけないでしょ。昨日までグチグチ言ってたんだから」

「でもさっき控え室で一応謝ってくらはったで？」

その場にいなかった里奈が「えぇ？」といぶかしげに眉根を寄せる。今日の式が始まる前、見るからに高そうな着物を着た里奈の母親が俺のところへやってきて、「いろいろ言ってごめんなさいね」と謝ったのだ。里奈のことをよろしくお願いします、と頭を下げたあの微笑みに嘘はなかったと思うのだけど、どうやら全然見抜けていなかったらしい。俺の話を聞いた里奈は「ないないない」と呆れて言った。

「とりあえず体裁を保っただけよ。そんな簡単に反省する人だったら私と十何年も揉めないでしょ？」

たしかにそうかと思い直す。俺が考えている以上にあのお義母さんはクセモノで、母と娘の確執もずっと根深いようだった。なんにせよ認めてもらうまでの道のりは長そうだ。

「頑張って。これから見返すんでしょ？」

ぽんと背中を叩かれて、予期していなかった応援に思いのほか嬉しくなった。澄ました顔で前を見ているのを見る限り、里奈は特に励ましたつもりはないらしい。ちゃんと一人で立っている感じがする横顔に束の間見とれた。こういうさっぱりとしたところを好きになったんだよな、とあらためて思う。

「はい、じゃあ撮りまーす！　新郎様、もう少し笑っていただけますか？」

眩しさすら感じる緑の芝生に、これも式場の設備なんじゃないかと思うようなすっきりと晴れた水色の空。周りには結婚式場のスタッフが「おきれいですよ」と均一な笑みを浮かべながらうやうやしく待機していて、照れ臭いのもあるのだけれど、こんなふうにありきたりなイメージを押し付けられると首の辺りがかゆかった。里奈もたぶん似たようなことを思っているんだろう。終始愛想のいい笑顔を作りながらも、少しだけ居心地悪そうにしているのが俺にはわかる。

「微妙に似合わんことしてるなって思ってるやろ」

「バレた？　表情筋が死にそう」

小声で漏らした里奈の一言に思わず笑う。「あー、新郎様いいですね！」とカメラマンが喜んだ。幸せな瞬間を切り取るみたいに、パシャ、パシャ、パシャ、とシャッターが切られる音がする。

葉子の離婚

「結婚生活ってさ、結局ただの日常だよね」

つまみ代わりのクラッカーに手を伸ばしながらつまらなそうに里奈が言う。グラスが空になっているのに気づいたので目の前のワインボトルを取り上げた。「いる？」と目で尋ねると「うん」とうなずきが返ってくる。残りが少ないのを感じながら注いでいたら、案の定途中で終わってしまった。新しいのを出そうと空の瓶を持ったまま席を立つ。女同士で飲むお酒はおいしい。これは私が三十年間生きてきて確信している数少ない真理のひとつだ。

「葉子ー、冷蔵庫のチーズ出していい？」

「いいよ」

返事をしつつ家庭用のワインセラーからストックしているワインを出した。離婚してからは自分の収入で買えるワインがずいぶん限られてしまっているので、いつも二本か多くて三本がストックしてあるだけだ。小型のワインセラーは縦長のため、下の方の空いたスペースが少し寂しい。家のあちこちでときどき感じる元夫の不在感。それが埋まっていたときを知っているからこそ、いちいちその空白が意識に流れ込んでくる。

「結婚して多少変わった部分があるとしたら何？　まったく変わらないってわけでもないでしょ？」

食卓に戻ってから尋ねると、椅子の上で三角座りをしながらクラッカーにチーズを載せていた里奈は「んー、なんだろね」と首をかしげた。

「でもまぁ職場で周りの人の目が変わったっていうのが大きいかな。女として落ち着いたっていうかさ、なんかよくわかんないけど一人前として認められるようなところがあるでしょ？」

「あー、まぁそうだね。なんかそれもむかつく感じはするけどね」

オープナーでコルクを引っぱりながら言うと里奈が笑う。「たしかに」と同意してクラッカーを口に入れ、食卓に落ちた細かなかすを指の腹につけて集め始めた。

「あと意外とこれの効力は大きかったな。これ見ると結婚したんだなって思う」

広げた左手の薬指の指輪を眺めているので「今だけだよ、それは」と笑って言った。ようやく抜けたコルクを置くと、「グラス替える?」と里奈が尋ねる。

「そうだね。替えよっか」

席を立とうとした私を制して「いいよ」と里奈が立ち上がる。食器棚の前でグラスを選んでいる背中を見ているうちに、ふと気になって訊いてみた。

「そういや例のカメラマンの人はどうなったの?」

「別に何も。ちゃんと仕事は終わらせたし、それ以降は会ってない」

もうすっかり過去のことになっているらしいことを聞いて安心した。結婚には向かないタイプだと思っていたけれど、案外ちゃんと新妻として生活を維持しているらしい。


仲のいい友達の結婚が私の生活に影響を与えるというのもなんだけど、実際里奈が結婚してから「自分は一人なんだな」と思うことが増えた気がする。お互い独身のときにあった言語化不要の連帯感は消えてなくなり、今は自分だけが温もりのない日常の中に留まっている感じがしなくもない。結婚には一度失敗しているし、焦っているのかというとそうでもないけど、ペンキを塗り重ねるように孤独がまた一層分厚くなったような気分ではある。何もないような顔をして、でも体の内側ではゆっくりと蝕《むしば》まれている私の日常。

二つ年上で大手の広告代理店に勤めている元夫とは二年前に離婚した。交際期間が一年半、結婚生活は二年弱しかもたなかった。そして残ったのが私が今住んでいるこの家だ。３ＬＤＫの新築マンション。いわゆる都心のタワーマンションというやつで、窓やベランダからは東京の街が一望できる。と言ってもこれは私の持ち物ではない。元夫が買ったものだし、今も彼の持ち物だ。別に慰謝料の代わりとして貰ったわけじゃない。

でもとある事情があって、私はその元夫名義のマンションに一人で住んでいる。もちろん分不相応な感じはあるから、どこに住んでいるのかと訊かれても適当にはぐらかして言わないし、誰かを家に呼んだりもしない。家に上げたことがあるのは事情を知っている妹と里奈だけだ。人生が複雑になっていくと付き合う人も限られてくる。

というか三十にもなれば、個人の人生もいろいろと複雑になる。仕事のこと、家族のこと、恋愛や結婚のこと。すべてが順調というわけにはいかないし、そう簡単に解決しない問題も増えてくる。大人になるとは要するに荷物が増えることなのだ。なんの荷物も持たずにいられるうちは子どもだし、一度荷物を持ち始めたら、なんだかんだ二度と子どもには戻れない。

*

「思ったより良かったね」

館内の照明が点くなりそう言われ、とっさに笑みを作って「うん」と答える。感想を言っている深田くんは満足そうな笑みを浮かべながら席を離れていくので、二人の座席のあいだに残ったウーロン茶のカップを取り上げた。細かいところに目がいかないのは相変わらずだ。単館ならではの趣のある廊下に出て、スタッフにカップを渡したところで「トイレ行ってくるわ」と深田くんが手を上げた。はい、とそれに答えて離れていく背中を見送る。

同じ映画会社に勤めている深田くんと二人で会うようになって二ヶ月が経つ。熱烈なアプローチをされているわけではないけれど、遊びの関係というわけでもない。このままいったら付き合いそうな予感はしている。そしてそうなっても別に嫌ではなかった。一緒にいるとリラックスするし、歳も近いから同級生と遊んでいるような感じがする。だから特に不満はない。ただ体が自然と引きつけられるような恋心を抱いてないだけだ。

離婚してからしばらくは、アプローチをしてくる男の人がみんな宇宙人のように見えたものだった。食事やデートをしながらついつい首をひねってしまうのだ。この人は何が楽しくて私と時間を過ごしているんだろう。ただ寝たいだけならまだ理解ができるけど、付き合って普通に恋人関係になりたいのなら、なんでそんなことが思えるんだろう。その関係を推し進めて行き着くところまで行ってしまった自分には、そういう「普通の恋愛」が何だか意味のわからないことに思えて仕方なかった。いや、意味はわかるのだけど、相手がそれをしたいと思う根拠がわからないのだ。

だからその頃に比べたら今はずいぶんマシだと言える。少なくとも深田くんを宇宙人だとは思っていない。同僚だから嫌な部分がまったく見えないわけではないけれど、それはきっとお互い様だ。仕事はできるし、人間的にも信頼している。

「来月、ホタル観に行かない?」

二人で食事を終えたあと、初夏の宵の涼しい風を感じながら歩いていると深田くんがそう訊いた。また少し距離が縮まるのを感じながら「ホタル?」と彼に訊き返す。

「うん。なんか今ふと思ってさ。ホタル観たい」

子どもみたいな言い方に笑ってしまう。いいよ、と私が承諾すると、少し嬉しそうな顔をした深田くんが中学生くらいに見える。

心持ち孤独が薄まったような気分で帰宅して、玄関のドアを開け、中に入った。自動で点く照明の下でパンプスを脱ぎ、郵便物を片手に持ったまま廊下を進む。特に意識したわけではなかったけれど、進むほどに現実に引き戻されていくような感じがあった。壁のスイッチをさわってリビングを明るくすると、無人の食卓やソファやテレビや大型の観葉植物なんかが目に入る。しばらくそれらを見つめてからバッグを椅子の上に置き、洗面所に手洗いをしに行った。

離婚したとき、元夫は慰謝料を払うと言ったのだけど、私はそれを断った。別に浮気をしたわけでも一方的に別れを切り出されたわけでもない。お互いに少しずつ家の中の空気を薄くして、気がついたら出口のない袋小路にはまり込んでいただけだ。私にも原因はあるし、だから慰謝料は欲しいと思わなかった。

でも私の父がちょうどその頃病気になって入院せざるを得なくなり、その治療費や入院費に毎月ある程度のお金が必要になった。そしてそれは大手でもない会社で働いている私には現実的にかなり厳しい額だった。だから慰謝料を受け取らないなら、このマンションには葉子が住んだらいい、と元夫が言ったのだ。

「でもそれじゃあ慰謝料受け取ってるのと同じでしょ？」

「だったら借りるだけでもいいよ。ここに住めば毎月の家賃はいらないし、その分をお義父さんの入院費に回せるだろ？　葉子だって頭金は払ったんだから、それぐらいは当然だよ」

実際問題お金のことは困っていたから助かったと言えばその通りだ。でもおかげで離婚しているのにまだ結婚しているような妙な独身生活を送ってはいた。いつだったか妹が、お金でちゃんと切れる方がいいこともあるんじゃないかと言っていたのを最近よく思い出す。たしかにその通りかもしれないと今は思わなくもない。

やらなければいけないことを考えながらメイクを落としていたら、来客を知らせる電子音が鳴り響いた。片目を開けたまましばし固まる。こんな時間に宅配便はないはずだ。リビングに行って画面を見ると、そこに予想もしなかった人が映っていたので驚いた。汚れていない手のひらで「通話」と書かれたボタンを押す。

「樹《いつき》？　どうしたの？」

――うぃーす。とりあえず開けてー。

戸惑いながらも解錠を押し、すぐに洗面所に戻って手早く顔を洗った。タオルを顔に押し当てながら玄関のロックを外しに行く。やがてもう一度インターホンが鳴り響き、こちらからドアを開けてやると、もうずいぶん長いこと会っていなかった弟がそこに立っていた。

「うす」

「どうしたの？」

「悪いけどしばらく泊めてくんないかな」

「は？」

驚いている私を押しのけるようにして樹が部屋の中へと入る。引き連れていたスーツケースはかなり大きなものだった。ティーンエイジャーが好きそうな、英語の文字やキャラクターが描かれた色あせたステッカーがあちこちにべたべたと貼られている。そのままひもがほどけている汚れたスニーカーを脱ぎ出したので「え、ちょっと待ってよ」と慌てて引き止めた。

「すげぇな。話には聞いてたけど、めちゃくちゃいいマンションじゃん」

「いや、そうじゃなくてさ。泊まるってどういうこと？」

「部屋余ってんでしょ？　前に幹子が泊まったって言ってたよ」

たしかに部屋は空いているけど、急なことすぎて頭がついていかない。樹はスーツケースをその場に残して「うわーめっちゃきれいじゃん」と声を上げながら廊下を進んでいった。マイペースな弟に辟易しつつも玄関の鍵をロックしてあとを追いかける。

「っていうか来るなら先に連絡してよ」

リビングに入って「おー」と感心している樹は私の話を全然聞いていなかった。とりあえず持ってきた客用のスリッパを樹の足もとに置いてやる。礼を言ってそれを履いた樹のデニムは裾がほどけて穴空きだった。だぼっとした上の白いパーカーもずいぶんくたびれているし、あまり清潔な服装ではない。

食卓に二人で向かい合い、どういう理由でうちに来たのかを説明させた。あらためて見る樹の顔にはおしゃれのためではない無精髭が生えていて、くせ毛の髪も二ヶ月前に散髪が必要なくらいには伸びている。でもその分男っぽさは増したというか、前に会ったときよりも少し大人っぽくなっていた。頭の中で年齢を考えて、五歳差だから二十五だということを思い出す。

「今度向こうのフィルムコンペティションに応募するんだけどさ、東京を舞台にショートフィルムを作ろうと思ってんだよ。それでどうしてもこっちで二週間撮影をする必要があるんだ」

いきなり自分とまったく関係のないことを言われても全然話が入ってこない。聞きながら自分なりに要約すると、海外の公募の賞に出す作品を撮るためにしばらくこっちにいたいということのようだった。樹は中学生ぐらいからずっと映画監督を目指している。今はアメリカの制作会社で下っ端として働いているのだけれど、ときどきそういうコンペティションに作品を出しているのは私も知っていた。

「最初は友達んとこに泊まれる予定だったんだけど、ちょっと都合が悪くなってさ。実家に泊まると交通費が高くつくし、どうしよっかなって思ってたらこの家のこと思い出して」

樹は父方の姉に当たる伯母さんに私の家の住所を聞いてここに来たらしい。もう十年くらい会っていない伯母さんはアメリカで映画の特殊メイクの仕事をしていて、樹が映画監督になろうと思ったのもその影響だ。伯母さんと樹は今も一緒に住んでいることもあり、さっぱりとした関係ではあるけれど、親戚の中でも群を抜いて強い絆で結ばれていた。

「いきなり行ったら迷惑なんじゃないのって言われたんだけど、直接話すから大丈夫だよって言って来ちゃったよ」

「伯母さんも伯母さんだね。それなら私にメールくらいくれたらいいのに」

「まぁあの人もだいぶ変わってるからな」樹はそう言って笑っている。「会うんだったら葉子によろしくって言ってたよ。あ、でもとりあえずこんなふうに急に押し掛けてすいません」

樹はぺこりと頭を下げた。相変わらずのゴーイングマイウェイぶりに溜め息が出る。この男には計画性とか人の都合を考える力がないんだろうか？　でもたぶん考え方の違いなんだろうとあきらめた。なんにしても久しぶりの弟だ。

「ダメかな？　光熱費ぐらいは出すからさ」

「……別にいいけど、厳密に言うと、ここ私の家じゃないんだよね。そのへんの事情わかってる？」

「詳しくは知らないけど、だいたいは」

「ここに長居されると、それはそれで私が前の旦那さんに申し訳ない気分になっちゃうの」

「わかります」

「ホントに二週間だけ？」

「二週間だけ」

まぁこういうことで嘘はつかない人間なのは私もよく知っている。仕方なくうなずいて承諾すると、樹は「あざす！」と頭を下げた。「お姉様の広い心に感謝！」などと意味のないおべっかを言っている。

「じゃあさっそくだけど、とりあえずシャワー借りてもいいかな？　こっちに帰ってきてからずっと制作してたから、二日くらい風呂入ってないんだ」

汚いのは服だけじゃないのかと呆れながらも了承した。スーツケースから着替えを取ってきた弟を浴室に案内して、棚から新しいバスタオルを出す。早くも上を脱いでいる弟の体は会わないうちにずいぶんたくましくなっていた。体系的には細いのに、つくべきところにちゃんと筋肉がついていて、男の体になっている。おまけに肩より下がない樹の右腕を久しぶりに見たせいで、肉の塊になっている先の部分についつい目がいってしまった。

こういうのって本人よりも周りの方が気にしてしまうものかもしれない。本来あるはずのものがないアンバランスさが与える不安感。弟は腕が一本しかない。

＊

エレベーターの扉が開くと、点滴をぶら下げた車椅子の初老の男性がぽかんと口を開けていた。付き添いの女性が少し後ろに引いてスペースを作ってくれたので、軽く頭を下げて脇を通らせてもらう。つるつるとしたリノリウム張りの廊下を進みながらいくつかの病室に目をやった。病院特有の間延びした空気はいつもと同じで、まるでここだけ時間の流れが停滞しているみたいに思える。

病室の前で軽く息を吐いてから中に入ると、二人部屋の奥のベッドには父が横たわっているだけで、母の姿は見当たらなかった。肩すかしを食らった反面、心の中ではホッとする。買ってきた花をベッドサイドのテーブルに置き、仰向けに寝ている父をしばらく眺めた。ここに来てからすっかり痩せ細ってしまった父は、腕には点滴、鼻にはチューブをつけられて、置物のような静けさで目を閉じている。

いつもは母がいるこの病室で父と二人きりになると気持ちが和んだ。眠っていて私が来たことに気づいていなくても、自分がちゃんと受け入れられているような感じがする。ベッドに近づいて身をかがめ、父の頰にそっと手を当てながら「来たよ」と小さくつぶやいた。昨夜樹と久しぶりに顔を合わせたせいか、二人の顔が似ていることにはたと気がつく。

「あら、いつ来たの？」

うしろから声がしたので慌てて手を引っ込めた。振り返ると母が回り込むようにしてベッドの反対側へと歩いてくる。さっきまでの親密な空気がすっかり消えてしまったのを感じながら「今来たとこ」と短く答えた。

「これ、お花」

「あぁ、ありがとう」

母が嬉しそうに笑顔を見せる。こうして喜ぶのを見るたびに、この人は自分に花を買って来てくれたと勘違いしているんじゃないかと思って気持ちがざわつく。もちろん母も喜んでくれたらいいのだけれど、母は肝心の病人をすっ飛ばして、自分の生活を彩るために花を贈ってもらったような態度を取るからどうしてもそれが気になってしまう。

「ずいぶん久しぶりなんじゃない？　もう少し頻繁に来られないの？」

甘えるような口調で母が訊くので「ごめん、仕事が忙しくて」と言いながら形だけの笑みを浮かべた。すぐ側にあった丸椅子に座り、適当に相づちを打ちながら母の話にしばし付き合う。相変わらず母は自分の話したいことをとりとめもなく話し続けるだけだった。最近は幹子が病院に来る回数が減っているとかで、母は不満が溜まっていた。

「今日幹子ちゃんのおうち行くんでしょ？　もっと顔を出すように言っといてくれない？　あの子専業主婦で時間あるのに忙しいって嘘つくのよ」

「別に嘘ってわけじゃないと思うよ。子どもが二人いるから大変なんだよ」

「そうだけど、ここに来ても子どもの面倒は見られるじゃない。パパも寂しがってるわよ。孫の顔だって見たいだろうし」

自分の主張を通すために父を使わないでほしい。だいたい父は孫に会えなくて寂しがるようなタイプじゃない。バッグの中でスマホが震える音がしたので、話の切れ目があったときに取り出して画面をチラ見した。メールは妹の幹子からで「何時に来るの？」と尋ねている。

いつからだろう？　離婚が決まってからだろうか？　この世の中には「話せないこと」が存在するのだということを強く実感するようになった。話してもニュアンスが伝わらない。話せば話すほど本当に言いたいことから遠ざかる。そういうもどかしさとあきらめを含んだもやもやが、いつも私の胸の中に溜まっているような感じがする。大人になっていろんな経験をすれば誰もが抱え込む種類のものなのかもしれない。でもたぶんそうなんだろうと思っていても、自分のもやもやの方が他人のそれよりも濃密なような気がしている。私の周りには変えられない現実がいっぱいあって、気がつくとそれらに取り囲まれて身動きが取れなくなってしまう。誰かに言いたい、誰かに話を聞いてほしいと思うのに、その誰かが思いつかない。だから結局は言葉を呑み込んだまま日々を過ごすことになる。そうして大事なものがしまってある胸よりも上の部分で誰かと当たり障りのない会話をしたり、それなりに考えて喋っているふりをしたりする。

ただ表面を撫でているだけの不毛な毎日。

もちろん部分的に話すことはできる。絡み付いてくる感情を引き剝がし、事実だけを伝えることはそんなに難しいことじゃない。ありがたいことに私には友達がいる。妹に話を聞いてもらうことだってできる。でもたとえそうして何かを誰かに伝えたところで、やっぱりどこか芯《しん》を食っていないような感じがしてしまうのだ。本当に喋りたいことを喋っているような気がしない。

外壁の色が明るい黄色なせいか、建ててからもう四年くらい経つのに、幹子の家は今でも新しい感じがする。インターホンに名前を告げると、すぐにドアが開いて幹子が私を出迎えた。初夏の強い日差しからようやく逃れて涼しい玄関に入ったとたん、幹子の家の匂いがする。

「陸と美羽は？」

「あぁ、今ちょっと水風船で遊んでんのよ」

「水風船？」

聞き返しながら廊下を進むと、子どもたちがきゃあきゃあ騒いでいる声が聞こえた。リビングから直接出られる庭で、陸と美羽が水着姿で走り回って遊んでいる。投げつけ合っているのは水風船だ。自然と目を引くカラフルな色。洋梨のような形をしているせいか、きれいな色の果物を投げ合っているみたいに見える。

「懐かしい。昔よくやったね」

「そうなの。こないだ西友で見つけてさ。陸と美羽にも体験させたくて買ってあげたらハマっちゃって」

陸は青と白のボーダーの海水パンツ一丁で、美羽の方は腰にひらひらがついたピンク色の水着を着て、顔には少し間抜けに見える競泳用の水中メガネをつけている。庭の真ん中に水を張った子ども用のプールがあり、その中にすでに膨らませてある水風船がたくさん入っているようだった。暑さに対していろんなものが涼しげで、しばらく戸口に立ったまま幹子と一緒に眺めてしまう。

「やっぱり子どもってちょっと危ないものが好きよね」

パシャッと鋭い音を立てて、小さな体に当たった水風船が破裂する。そのたび二人はわぁきゃあと大きな声を上げ、飛び散る水が地面に落ちた。でももちろん子どもだからすべてが命中するわけじゃない。特に美羽はまだ四歳だから、投げてもコントロールがおぼつかない。ほとんどは地面に叩き付けられるようにして足もと近くで割れていた。二人は飛び散る水を背中を向けたり体を縮ませたりしてかわしている。

「こら、もうちょっと向こうでやってよ。葉子ちゃんに水がかかるでしょ」

すでに何回か飛沫《しぶき》を浴びているので今さらどうでもよかったが、陸と美羽は騒ぎながらも幹子の言うことに従った。水着を着て水風船を投げ合うなんて、遊び方が全力で楽しそうだなと思う。溺愛とまではいかないけれど、甥と姪は私の癒しだ。やっぱり血がつながっているせいか無条件でかわいく思える。

家の中に引っ込んで食卓の椅子に腰を下ろすと幹子がお茶を出してくれた。さっきまで眩しい初夏の光を見ていたせいで室内が少し暗く感じる。

「あ、そういえば今、樹がウチに居候してんのよ」

「えっ？　なんで？」

「なんか映画の公募作品を撮るのに東京にいなきゃいけないらしくて、そのあいだ泊めてくれって言われてさ」

「どれくらいいる予定なの？」

二週間、と答えると、幹子は同じ言葉を繰り返して目を丸くした。

「そんなに長いこと家に泊めるの？」

「だって他に行くとこなさそうなんだもん。お金もないみたいだし」

「そうなんだ。っていうかしばらくいるならウチにも寄るように言っといてよ。美羽なんか生まれてからまだ一度しか会ってないんだから」

それから話題は自然と父の容体や入院費のことへと移っていった。樹の話を先にしたことで喋りやすくなってはいたけれど、やっぱり楽しい話題じゃないから空気が自然と重くなる。おまけに用件がお金の無心なのが尚更気詰まりでしょうがなかった。

「苦しいのはわかってるんだけど、もう少しだけなんとかならないかな？」

「うーん、そうだねぇ……」

決して出し惜しみをしているわけじゃないのは承知している。幹子は自分の稼ぎの中からお金を出しているわけではない。毎月家に入れてもらうお金の一部を、言わば特別手当として家族の問題の方に回させてもらっているだけだ。旦那さんが理解のある人だからどうにかそれで成り立っているけれど、今払っている分よりも額が上がれば、さすがにそれはちょっと待ってくれよという話になる。それに二人の子どものことを思えば幹子の家に余裕がないのは誰が見ても明らかだった。

「美羽の保育園が決まったらパートには出られるんだけどね。樹の方はどうにかなんないの？　もうちょっと額を上げてもらうとか」

「うーん、今朝ちょっと話したんだけど、なんか映画撮るのにお金がいるみたいなんだよね」

「でももう少しなんとかなるんじゃない？　独り身なんだし、今は給料も貰ってるんでしょ?」

たしかにそれはそうなのだけど、あんなぼろぼろの格好でお金がないことを匂わされたら、これ以上出せとは言いづらい。

今更こんなことを言っても仕方がないのかもしれないが、そもそもきょうだい三人でこんなお金のやりくりをしなければいけないのが不本意だった。本来この役目を担うはずの私たちの母親は、入院費の支払いの問題が持ち上がったときに「私には難しくてわからない」と首を振って責任を放棄した。長期入院で父が働けなくなって収入はゼロになり、しかも母のわがままで大部屋ではなく二人部屋を借りているから、入院費は毎日着実に膨らんでどんどんお金がなくなっていく。なのに母はただ父の側に付き添うだけで、現実的なことは考えなくても物事が滞りなく進んでいくと思っているのだ。

「やっぱり実家を手放すしかないんじゃない?　あれが売れたら当面はお金に困らないでしょ?」

幹子が言うので「そうなんだけどね……」と声を落とした。まだいくらお金がかかるかわからない以上、私もそうしたいのだけど、あの家はお父さんが建ててくれた家だからと言って母はかたくなに首を振る。もちろん私だって実家を手放したいわけじゃない。自分が育った思い出の家だし、できるなら母にはあの家を残してあげたいと思っている。でも本当に売ることが必要なくらい私たち家族には今お金がないのだ。そして子どもたち三人がかなり無理をしてお金を捻出しているというのに、そのことには目もくれない母のことが正直理解できなかった。子どもが苦しんでいるのなら親である自分が背負おうという気が一切ない母と接していると、「お金はどこかから湧いてくるわけじゃない！」と時折叫びたくなってしまう。

幹子と二人で現実的な話をしすぎたせいか、帰りの電車の中ではついつい気持ちがふさいでしまった。普段はなるべく淡々と物事をこなそうと思っているけれど、ときどき自分の置かれている境遇が嫌になってすべてを放り出したくなる。私はここ一年くらいで、父はどうして母と結婚したんだろうと何度も思った。めったに怒ることもなく、いつも他人を尊重しながら地道に生きている父と、自分の主張を曲げられず、できないことを盾にして自分勝手に生きている母。父はわがままな母の人生を支えるために生きていたんじゃないかと思えてならない。

つり革を持ったまま顔を上げると、窓から見える外の世界はまだ完全には暗くなっていなかった。朝から動いていたせいで体は疲れているけれど、それも気持ち的なものが大きい気がする。気分転換に誰かと飲みに行こうかと考えて、ついこないだ飲んだばかりの里奈の顔が思い浮かんだ。数少ない友達の中でも里奈といるのが楽なのは、母親に恵まれなかったという境遇が似ているからなのかもしれない。お互いそんな深いところまで話をしたわけではないけれど、断片的な情報や、私が言ったことに対する反応でなんとなくそれを感じてきた。里奈は自分の母親のことを話すときに「あの人は」という言い方をする。きっと彼女も私と同じで、母親が自分の味方であるという感覚をうまく持つことができないのだろう。

家に帰ると、樹がリビングのソファに座って映画を観ていた。ビデオ屋で借りてきたものらしく、ガラスのローテーブルの上にレンタルショップの青い袋が置かれている。

「ただいま」

「おかえりー」

樹が家に居着くようになってから、家の中で挨拶を交わすのが普通になった。おはよう、おやすみ、ただいま、おかえり。たったそれだけのことなのに、なんだか生活の色合いが濃くなったような感じがする。あとはやはり男の人が家にいるのは心強いものだった。もともと一人で何でもしてしまう人間ではあるけれど、何かあったときに頼れる感じはする。

「あれ？　何やってんの？」

普通に映画を観ていると思っていたら、樹はリモコンをデッキに向けて、ことあるごとに画面を一時停止にしていた。膝には白い紙を挟んだクリップボードを置いていて、画面を観ながらそれを写し取るようなことをしている。あぁ、絵コンテを描いているのか、と答えを言われる前に気づいた。テレビの画面には『時計じかけのオレンジ』の一場面が大きく映し出されている。

「絵コンテとか描くんだね」

そう言ってソファの肘掛けの部分に腰掛けると、樹は黙ったままうなずいた。黙々と手を動かしているのを見て、真剣に取り組んでいるんだなと思う。ねぎらうために何か飲むかと尋ねると、樹はお茶が欲しいと言った。

「あんたお父さんのとこ行かないの？」

キッチンで電気ポットに水を入れながら樹に尋ねる。父の病状の他に、幹子も顔を見せてほしいと言っていたのを伝えたけれど、樹は「うーん……」と生返事をするだけだった。

同じ家族でも男の子はそんなものかもしれない。お茶を淹れてやったあと、ご飯は済んだかとついでに訊くと、まだ食べていないということだった。

「私もまだだし、今日はピザでも頼もっか」

「おー、いいね」

さっきの生返事とは全然違う明るさで顔を上げるので苦笑する。家の中を探したけれどチラシはなくて、ネットで注文できると言うので、おごることを条件に樹にあとを任せてしまった。化粧を落とし、仕事のメールを二、三通返したところで丁度インターホンが鳴る。Lサイズのピザが一枚と、サイドメニューのナゲットとポテト、コーラが一本。

ふたを開けて大きなピザを見たときはちょっとテンションが上がったし、最初の二切れくらいはかなりおいしかったのだけど、三切れ目の半分くらいからピザのジャンクさに負けだした。食べたい気持ちが途中で萎《な》えたりしないのが若さというものなのかもしれない。樹はこれ以上うまいものはないという多幸感を振りまきながらおいしそうにピザを食べていた。指についたソースを舐めて取り、口の中のものをコーラでどんどん流し込む。本当に気持ちがいいくらいの食欲だった。どれだけ食べても全然飽きる様子がないのだ。

前の夫はこういう子どもっぽいところがあまりない人だったなと不意に思う。そもそも彼は宅配ピザなんてめったに食べたりしなかった。料理が趣味で、休みの日などはいつも手間のかかったものをきちんと作って食事をした。でも別に神経質だったわけじゃない。私が作ったものは文句も言わず、いつも残さずに食べてくれた。おいしいと言ってくれたし、食後には洗い物もしてくれた。料理は女がやって当然みたいな顔で「ご飯は？」と訊かれたこともない。彼は私に対して決して荷物を押し付けない人だった。自分ができることはなんでもこなして、面倒だとか疲れたなんていう不満をまったく漏らさない人だったのだ。

でも私は彼のそんな優しさにときどき息が詰まりそうになることがあった。しっかりと稼いで、家のことにも協力的で、いつも私のことを最大限に気遣ってくれるけど、そこまでされると逆に自分は彼に何ができているのかと不安になってしまうのだ。結婚していたとき、私は満たされた生活を送りながら「この人は私に何を求めているんだろう」とよく思ったものだった。そのままの自分をすごく受け入れてもらっていると感じる一方で、私は彼の心の中にはいないのではないかという不安が拭えなかったのだ。

「俺は十分幸せだよ」

いつだったかそんな不安を打ち明けたとき、彼は笑ってそう言った。

「不安にさせたなら謝る。でもホントに何も求めてないんだ」

でもそれは嘘だったんだと今ならわかる。だって現に私たちのあいだには徐々に会話がなくなって、最終的には別れることになったのだから。彼は自分の荷物を他人に押し付けない人ではなかった。そうではなくて、たとえ持ちきれないほど荷物を持っていたとしても、他人を頼るということができない人だったのだ。私たちは合わせ鏡をしているみたいに似た者同士のカップルだった。

風呂から上がると樹はマンガを読んでいた。食事の後片づけをしてくれたらしく、食卓の上はすっかりきれいになっている。樹はマンガ本を開いて置いて、片手でそれを押さえながら指でページをめくっていた。自分とは違うそんな本の読み方をなんとなく眺めてから、冷蔵庫を開けて缶ビールを出す。

「何読んでんの？」

「ん？　バガボンド」

顔を上げた樹は自分にもビール取ってくれと私に頼んだ。冷蔵庫から出して渡そうとしたものの、ふと思い留まって事前にプルタブを起こしてやる。気づいた樹は「おー、さんきゅ」と言いながらビールの缶を受け取った。

「バガボンドって面白いの？」

「面白いよ。俺、最近のマンガでは一番好きかも」

「ふーん。　どういうとこが面白いの？」

「どういうとこ？　うーん、そうだな……」

樹はそう言ってビールをあおった。昔から樹が面白いと思うものには裏切られたことがない。一番とまで言うくらいなら、読んでみるためのきっかけを与えてほしかった。

「マンガのキャラクターってさ、戦って負傷しても時間が経ったら普通は傷が治っちゃうだろ？　でもバガボンドは違うんだ。戦って傷を負ったら、たとえその傷口がふさがっても傷あとは残ったままになってるんだよ」

樹は私に単行本の表紙の絵を見せてくれた。指差している主人公の額にはたしかにうっすらといくつかの刀傷が残っている。樹が言うには傷あとは体に残るだけじゃなく、戦い続けることで主人公が心にも傷を負っていくということだった。バトルものは勝って万歳が当たり前のマンガが多い中、そこがすごく異色だと言う。

「でもその傷を負ってく感じがすげー心に残るんだよな。なんていうか、人間ってのはそういうふうにできてるんだってことをあらためて実感させられるんだ。事実そうだと思うんだよ。傷は治っても傷あとはずっと残り続ける。そのことが当たり前に書いてある。そういうところに共感する」

その説明は私にはどう返せばいいのかわからない種類のものだった。明らかに自分が失った腕のことに触れているのに、ちっとも動じていない様子の弟にこっちが動揺してしまう。でも樹は何か気まずいことを言ってしまったと気づいて焦るわけでもなかった。受け入れてるんだな、と今更その強さに驚く。

樹が右腕をなくしたのは小学四年生のときだ。友達数人と入ってはいけない資材置き場で遊んでいて、崩れた鉄鋼の下敷きになった。命に別状はなかったものの、大量の資材が落ちてきた右腕は骨がぐちゃぐちゃになって使い物にならなくなった。まぁ一歩間違えれば死んでいてもおかしくなかったのだから、腕だけで済んだことが不幸中の幸いだったと言えばそうかもしれない。

病院で手術が終わったあと、目を覚ました樹に右腕は戻らないことを父が説明した。私たちは病室に入れてもらえなかったから、父が樹にどんなふうに説明したのかはわからない。でも私が病室に入ったときには樹は背を向けて泣いていた。私たちが声を掛けても顔を向けなかったし、何も答えたりしなかった。当然だ。九歳の男の子におまえの右腕はなくなったなんて通告はあまりにもきつすぎる。でもそれが樹の受け入れなければならないことだった。どんなに嫌だと首を振っても、受け入れざるを得ないことだった。そこには希望というものがまるでなかったように思う。少なくともその時点では、樹を前向きにさせることはほとんど不可能みたいに思えた。

私はそれ以来学校に行きながら、授業中に自分の右腕をよく眺めたものだった。この腕がなくなったらという想像をして、自分の生活にどんな影響があるのかを考えた。私も利き手は右だから、まず何かを書くことができなくなる。左手が残っているとはいえ、かなりの訓練をしなければ簡単には利き手は変えられない。自力でご飯を食べるのも難しくなるし、学校生活は不可能ではないにしてもかなりつらい。友達と遊ぶときもいろいろ支障が出るだろう。自分がその場にいるだけで、変な空気になるに違いないのだ。

もちろん大人たちはそれなりの配慮をするだろうし、実際学校に戻るとなれば、樹が傷つかないようになんらかの指導を周りの子どもたちにしてくれるだろう。でも本人の心が弱っている以上、ちょっとした刺激で樹がふさぎ込んでしまうことは目に見えていた。その頃の樹は今みたいにタフではなかったし、ちょっとしたことですぐ泣いてしまう、どちらかと言えば弱虫な性格だったのだ。

やがて退院が近づくと、樹は学校に戻りたくないと言った。ずっと想像し続けていた私には、その気持ちは痛いほどわかった。だから学校に戻るのがどれだけつらいことか父に訴えた覚えがある。そしてその効果があったのかどうかはわからないが、父と樹のあいだで何度も話し合いがもたれ、結局学校に戻らないことを父が許した。樹は登校拒否という形で一年ほど何もしない日々を過ごし、あるとき伯母が住んでいるアメリカに行きたいと言いだした。そこで伯母と生活をさせてくれるなら向こうで学校に行くと言う。荒唐無稽な発想に誰もが反対をしたけれど、樹の意志は固かった（今思えば、樹はそのときに映画と出会ったんだろう）。結局そのまま十年ほど向こうにいたのだから大したものだし、樹の融通の利かなさはある意味母に似たのかなと思う。

「ねぇ、樹」

「ん？」

「あんたお母さんのことどう思う？」

樹は顔を上げて私を見た。質問の意味を理解していないのか、顔をしかめて「どうって？」と私に訊き返す。

「俺を産んだ母親だと思ってるけど」

「そうじゃなくて、人として」

「人として？」

お互いに目を見たままの沈黙がある。樹は私の言わんとしていることを理解したようだった。そういうことかと苦笑混じりの溜め息をついている。

「葉子は昔から母さんのことが苦手だよな」

決め付けられるのは癪《しゃく》だったが、反論する気も起こらなかった。おそらく三人の子どもの中では自分が一番母親を苦手に思っているのだろう。それはきっと性格が合う合わない以前に、長女だからというのも関係していた。遅く生まれたものにはわからない苦労や感情が上にはあるのだ。

「あの人はきちんと物事を考えて判断するのが苦手なんだよ。もともと得意じゃない上に、直す機会からも逃げてきたから今更変わりようもない。でも悪意があるわけじゃないんだ。できなくて不安だからいつも周りに頼っちゃうだけ」

樹の見方は公平で客観的だったけど、どこか他人事のような感じもあった。そのことに少し苛《いら》ついている自分がいる。そんなふうに器用に距離を取れるのは樹が男で、しかも長いあいだ離れて暮らしているからだ。

「でも葉子が苦手だって言うのもちょっとわかるよ。比べちゃいけないのかもしれないけど、俺も人としては親父の方が好きだしな」

樹はそう言ってビールを飲んだ。樹が片腕をなくしたとき、母はただおろおろして可哀想だと泣くだけだった。その頃から二人の交流はほとんどない。そして今でも母が樹のことをあまり気にしないのは、あの人が他人を必要とする基準が「自分の日常を維持してくれるかどうか」でしかないからだ。

「ただ俺も理想を押し付けてると思うんだ。ホントの母親はこうあるべき、もっと自分の思うように愛してくれるべきだって。でも実際そうじゃないものに求めても無理なんだよな。まぁ簡単には割り切れないけどさ、最初に期待があるんだってことはいつも思うようにしてる。俺は犬に向かって猫になってくれって願ってるんだなって」

なんだか初めて樹の母に対する気持ちを聞いた気がした。でもたしかにそうかもしれない。母親だからという理由で私もどこかで期待していた。世間一般の優しい母親像を勝手に押し付けてしまっていたのだ。

母に対する不満がしぼむと、怒りの対象が消えたせいか、自分の置かれている状況だけが残ったような感じがした。入院費や、自分の離婚や、この家を借りている事実なんかが、動かしがたい現実として意識に浮かび上がってくる。それらのことをぽつりぽつりと深入りもせずに話していたら、そもそもなんで離婚したのかと樹が尋ねた。

「なんでって……性格の不一致よ」

「で、未だに引きずってんの？」

「なんでそう思うの？」

「そういう空気が出てるから」

そんな鼻毛が出てるみたいな感じで指摘されたら恥ずかしくなる。でも樹に言われると実際にそうであるように思えた。どれだけ普通に過ごしていても、私の体からはある種の負の空気みたいなものが出てしまっているのかもしれない。

「円満離婚だったんだろ？　相手にまだ未練でもあんの？」

自分の胸に問いかけてみる。でも正直未練はなかった。関係性を一方的に断ち切られたわけじゃない。自分でもよく考えて、この人と一緒にいてもうまくいかないと思ったから別れたのだ。

「じゃあなんで引きずってんの？」

考えてみたけれどわからなかった。うまく言葉が出てこない。

「俺の勝手な予想だけどさ、葉子はどっかで悲しんじゃいけないって自分にブレーキかけてんじゃねぇの。お互いのために別れたって言ったって、傷ついたことには違いないだろ。葉子はそのことをちゃんと悲しんだ？」

「どういう意味？」

「んー、だからさ、葉子は昔からしっかりしてるし、自分の弱い部分とかもあんまり人に見せないじゃん。でもそういう人って自分でも気づかないうちに心が強張《こわば》っていくんだよ。悲しんだってしょうがないなんて思っちゃダメだよ。たいして傷ついてないみたいな顔してると、結局いつまでもそれに縛られることになる」

縛られるという言葉が重たく響いた。自分のことを言い当てられると、体が椅子に貼り付いたような気分になる。樹は残りのビールを飲み干した。軽くなった缶がコンと食卓に置かれる音がする。

「バガボンドと一緒だよ。たとえ傷口がふさがっても、傷あとは長いあいだ残るんだ。何もかもが元通りになるわけじゃない」

翌日は朝から仕事がはかどらなかった。機械的な作業をこなしているあいだはいいのだけれど、何かを考えようとするとダメなのだ。どれだけ頭をしぼっても、気がつくと昨夜樹に言われたことを考えてしまう。

悲しんだってしょうがないなんて思っちゃダメだよ。たいして傷ついてないみたいな顔してると、結局いつまでもそれに縛られることになる。

それは離婚のことだけじゃなくて、私のこれまでの生き方そのものを言い表しているように思えた。プライドが高いせいもあるけれど、私はついつい物事を割り切ろうとしてしまう癖がある。でもそれは実際に気にしていないわけではなくて、他人を頼ることができないから自分の中で無理やりふたをしているだけだった。

「葉子のことは今でも好きだよ。信じてもらえないかもしれないけど、葉子のおかげで救われたところがたくさんあるんだ」

離婚届に判を押したとき、家の食卓で向かい合いながら元夫はそう言った。お互い納得していたし、その言葉も決して嫌なふうには受け取らなかったように思う。私の口には控えめながらも「わかってる」という意味の笑みが浮かんでいたし、こういう結果にはなったけど、この人と結婚したことは自分にとってすごく価値のあることだったと思えていた。でも本当はそうやって自分のことを守っていただけなのだ。感情が大きく揺れることに耐えられないから美化して踏ん切りをつけようとする。もっと言い合いをすればよかった。もっとケンカをすればよかった。いや、そうじゃなくて、そういう形式的なことではなくて、私はあのとき、胸の内にある「言葉にならない気持ち」を彼にぶつけるべきだったのだ。

あてどなく考えていると机の上に置いていたスマホが短く震えた。深田くんの名前が表示されているメールには「今日の部長の髪型、デビッド・リンチと完全に一致」と書かれている。首を伸ばして部長のデスクに目をやると、いつもきれいに立ち上げられている部長の髪の右側が寝癖っぽくうねっていた。思わず笑いそうになったのをどうにかこらえて深田くんに視線を移す。深田くんは私と目を合わせることなくいつも通り仕事をしていた。彼のこういうところが好きだと素直に思う。

私は自分が思っていたよりも心に傷を負っていたのだ。なのにそこから目を背け、ちゃんと悲しむことをしてこなかった。

手帳の真っ白なページを開き、そこに昨日樹が言ったことを書き込んでいく。できあがったその文章は、不思議なくらい私の気持ちを楽にした。

たとえ傷口がふさがっても、傷あとは長いあいだ残るんだ。

何もかもが元通りになるわけじゃない。

「私、この家を返すことにした」

仕事が終わってから家に帰って、樹にそう宣言した。実際に言葉にして誰かに言うと、妙にすっきりとした気分になる。食卓でカップ麺を食べていた樹は、箸ですくいあげた麺を口の前で止めたまま「なんでまた急に」という顔で私を見上げた。

「ウチの実家を売る方向でお母さんや幹子と相談する。私の住むところが決まったらこの家は返すから、そのときまでに出ていってね」

二週間という約束だし、おそらく樹がそれまでいることはないだろうけど、念のため先に言っておいた。やるべきことが決まれば迅速に動けるのは私の強みだ。久しぶりに体に力が湧いてくるのを感じる。

「あと申し訳ないけど、もう少しでいいから仕送りの額を増やしてほしいの。樹が映画作るのにお金が必要なのはわかるけど、今は事情があるんだから、こっちにお金を回してほしい」

気圧されたままの樹に、いくらなら増やせるかを訊いてみる。一万とか二万でいい。ない人からはないなりに貰えばいいのだ。

「っていうかさ、家売るならお金できるから別にいいんじゃないの？」

「そんなことないよ。本当に売ることになるかどうかまだわかんないし、それに売れたとしても金銭的に十分な余裕があるとは言えないの。だいたい樹は病院に行くことすらしてないんだから、その分くらいお金出すのは当然でしょ？」

樹は私に説き伏せられて「まぁたしかに……」とうなずいた。それから上目遣いで様子をうかがうように私を見ている。きっと「この人は何を急に動きだしたんだ？」と思っているんだろう。でも別に構わない。私は私が持っている権利をちゃんと主張したまでだ。

翌日の夜に元夫の携帯に電話をかけた。コール音がしているあいだは少し緊張したけれど、ちゃんとした用件があるのだと思うと気持ちも揺れることなくいられる。その場ではつながらなかったが、一時間後に折り返しの電話がかかってきた。

「家のことでちょっと話したいことがあるの。大事な話だし、できればウチに来てほしいんだけど、いいかな？」

急なことに元夫は戸惑っていて、なんだか私が決断をすると、いろんな男を困惑させてしまうみたいだ。元夫とはその週の土曜日の昼間に会うことになった。約束をするだけであまり目印のなかった日常に大きな杭が打ち込まれたような気持ちになる。仕事中でも家の中でも、気がつくとそのことを考えていた。期待と不安が入り混じったような、胸がざわざわする感じ。

当日は準備に焦りたくなかったので、前日の夜に家の中を掃除した。リビングの床にクイックルワイパーをかけ、窓や棚をぞうきんで拭いて、洗面所やトイレも一通り磨いてきれいにする。弟が居候していることは一応隠すことにした。樹には昼前に出かけてもらうように言ってあるし、これで準備は万端だ。

風呂に浸かりながら、頭の中で明日のことをシミュレーションする。言うべきことは決まっていたし、言葉を選ぶ必要もなさそうだった。でも何かが足りない気もする。この家を返す旨を伝えて、お礼を言うだけでいいんだろうか？

ぼんやりと天井を眺めていると、思い浮かんだのは幹子の家の庭で水風船を投げ合っていた陸と美羽のことだった。特に脈絡はなかったけれど、自分たちもああいうふうに無邪気に遊べたらいいのになと思う。お互い水風船を投げつけ合って、ぎゃあぎゃあ言いながらも笑えたら、なんのしこりもなく別れられるような気がする。

ぱしゃっ、と鋭い音で破裂する水風船のことをしばらく思った。色とりどりの水風船。考えれば考えるほど、そこに惹かれている自分がいる。

翌日の午前中に近所の大きなスーパーに行ってみた。少し冷房が利いている店内でエスカレーターに乗って二階に上がる。洋服売り場を通り過ぎ、その奥にあるおもちゃ売り場を覗いてみると、子ども用の夏のおもちゃが二つの棚にひとまとめにして売られていた。水圧を上げられる大掛かりな水鉄砲、回すと二倍の長さに伸びる虫捕り網、なんとなくキャベツの千切りを連想させるプラスチック製の虫かご、市販のものを買って意味があるのかと思う夏休みの工作キット。生きたカブトムシやクワガタなんかも売られている。お目当ての水風船は二十個入りで透明の袋に入っていた。上の部分に安っぽい絵が印刷されたボール紙がホッチキスで留められている。それによると正式名称は「水玉風船」というらしい。

家に帰ってさっそく封を開けてみた。ぷにぷにとしたゴムの手触りを感じながら、色が違うのをいくつかつまみ出してキッチンへと持っていく。流しの水道の蛇口の先はやや直径が大きかったが、風船の口に指を突っ込んでゴムを広げるとぱちんとはまった。バーを押し上げて加減しながら水を入れると、思いのほか早く膨らんでいくのでぎょっとする。

次々と膨らませていく水風船を眺めながら少し楽しくなってしまっている自分がいた。できあがった色とりどりの水風船を料理用のステンレスのボールに入れる。幹子の家で見たときと同じように、それらは柔らかくて水々しい何かの果物みたいに見えた。元夫と二人で童心にかえってこれを投げつけ合う姿を想像する。でももちろんそんなことが実際にできるとは思えなかった。これは私のあまりに個人的すぎる願望なのだ。だいたいいい大人が水風船で遊ぼうなんて、そんなわけのわからないことを特に今の関係で言いだせるわけがない。

自分の思いつきに苦笑しながら水風船の入ったボールを流しの下にしまい込んだ。でもこうして用意してみたことはすごく良かったような気がする。実際にやってみて気が晴れることもあるのだ。

約束の一時を二分ほど過ぎた頃にインターホンの音が響いた。画面に映った顔を見なががら「はーい」と通話ボタンを押して応じる。合鍵を持っていても気を遣って私が開けるのを待つのはいつものことだ。

久しぶりに会った元夫は変わらず元気そうだった。こっちはそれなりに気を張っているけれど、鼓動が速くなるほど緊張はしていない。これも水風船のおかげだろうか。それなりに充足している一人の女を演じながらお茶を淹れ、軽い世間話をしたあとで話を切り出した。

「この家を返そうと思ってるの」

湯呑みを口に付けていた元夫は「え？」と目を丸くした。理由を説明しながら芝居がかった笑みを見せ、もう決めたのだということをアピールする。状況に変化があったわけではないけれど、新しい人生を生きるのにいつまでもあなたの力は借りられない。今までこの家を貸してくれたことには感謝している。長いあいだ本当にありがとう。ひとつ言葉を口にするたびに、胸の中の重たいものが剝がれ落ちていくようだった。自分でも驚くくらいすっきりとした気持ちで言えたことに嬉しくなる。

「今月末には私のものは全部空っぽにして出ていくから」

「そっか……」

元夫は笑顔を見せながらもうつむいていた。きっと少しだけ傷ついているんだろうと心の内を推測する。それを心苦しく思っていたら、恋心か情かわからない感情が湧いてきた。やっぱり私はこの人のことをまだ引きずっていたんだなとあらためて思う。

「実は俺も報告があるんだ」

元夫がそう言って、なんとなく嫌な予感がした。言うのをためらっているような、でも事実を曲げられないというような、少し迷いのある顔をしている。

「来年、再婚することになった」

すぐには反応できなくて、ほとんど思考停止のまま「そうなんだ？」とようやく応じた。どこかに穴が開いたみたいに体の力が抜けていく。まるで重心が狂ってしまったようで、椅子にまっすぐ座っているのが難しかった。

「わざわざ言うことじゃないのかもしれないけど、隠すのは違うと思ったから」

「そっか。おめでとう。良かったね」

努めて明るく返したものの、きっとショックを受けているのは相手にバレているだろう。体の中で感情がぐちゃぐちゃに暴れているのを感じた。負けたというのはあれだけど、同じ場所にいると思っていたはずの彼が、一段高いところへ上ってしまったような気がする。

何よりも自分が知らないうちに彼が幸せな時間を過ごしていたのが衝撃だった。自分だって会社の同僚とけっこういい関係になっているくせに、そんなことは棚に上げて薄情だと思ってしまう。それに結婚まで辿り着くなんて、よっぽどいい相手と巡り会ったに違いない。

なんだか時間の進み方が急にわからなくなって、気づいたら玄関に立っていた。スリッパを脱いだ彼が靴を履いているのを見て、あぁもう帰るんだ、と状況を把握する。身を起こし、振り返った元夫と目が合うと、一瞬過去に引き戻された。危うく「行ってらっしゃい」と言いそうになる。いや、違う。大丈夫。私は冷静だし、今何が起きているのかも把握している。ただあまりにあっけなくて、ここにある現実に体がついていかないだけ。

「……じゃあ、また詳しいことが決まったら連絡して」

控えめな笑みを見せた彼がいったんうつむいてから外に出ていく。カチャンとドアが閉まって彼の背中が見えなくなると、玄関にひとりぼっちになった。同時に彼へとつながる扉も完全に閉ざされてしまった気がする。何の夢もない現実に一人で取り残されたようで、でもこれがあるべき痛みなんだろうとも思った。私たちは離婚したのだ。相手が再婚したとしても何もおかしいことはない。

遠くの方で玄関のドアが開く音がして、しばらくすると樹がリビングに現れた。食卓で気落ちしている私を見て、少し様子をうかがうような間を空けてから「何やってんの」と私に尋ねる。

「落ち込んでるの」

「へぇ……」

樹は愛想のない声で感心しただけだった。向かいの椅子に荷物を放って、スマホを食卓の上に置く。うつむいているおでこの辺りに樹の視線を束の間感じた。

「そっとしといた方がいいの？　もしそうなら放っておくけど」

「……そっとしといてほしかったら部屋にいるわよ」

「なるほど」

樹は椅子を引いて向かいに座った。どうしてだろう。樹が近くにいると安心する。

「……で？　いかがなされました？」

「……想定外のダメージを負った」

「は？」

「再婚するんだって」

「ほう……それで落ち込んでるわけですか」

結局涙は出なかった。こんなときにすら泣けない自分は何のために涙腺を持っているんだろうなと思う。きっと私はまだどこかで気を張っているんだろう。でも傷ついている姿を誰かに見せると、少しだけ楽になれるような気がする。

「樹の言ったこと当たってた」

「ん？」

「ホントは私、傷ついてた」

「うん」

「でもそれを認めてなかった」

「おう」

「バカだね、私」

「そうでもないよ」

「え？」

「葉子は別にバカじゃないよ」

ふいの言葉に鼻の奥がつんときた。涙が出そうになったけど、溢れそうになっただけでまた引っ込んでいく。きょうだいがいて良かったと強く思った。身内だからこそ理解してもらえることもある。

「ねぇ、ちょっとお願いがあるんだけど」

＊

「で？　こんなもんいっぱい持ち出して何するわけ？」

バケツの中の水風船を覗き込みながら樹が訊く。家のすぐ側にある公園には誰もいなかった。滑り台やブランコといった遊具も沈黙していて、外灯だけが自分の職務を果たすみたいにただ光を投げかけている。

「昔よくやったでしょ。水風船」

「やったけど。今この時間からやるってこと？」

「公園だし大丈夫だよ。ナイターだと思えばいいじゃん」

樹は「ナイターは違うだろ……」と言って呆れていた。しゃがみ込んでいるところを狙い、バケツの中から両手で二、三個つかみ上げてひとつを樹に投げつける。ぱしゃっと鋭い音がして、「おいっ！」と樹がのけぞった。

「油断大敵！」

手に持っていた残りを次々と投げつける。樹は俄然やる気になって、遠慮なしの豪速球を私の体に命中させた。冷たいというよりもぬるい水が太ももの辺りを伝って落ちる。求めていた気持ちよさがようやく得られたような気がした。誰かと遠慮なく何かをぶつけ合う、そういう快感。

「片腕の不利をなげくがいい！」

もし私が実家を売ったら、母はきっと傷つくだろう。傷つけられた母の心には傷あとがずっと残り続けることになるかもしれない。でもそうなったときはそうなったときでどうにかやっていくしかないのだ。傷つくことや傷つけられることを恐れていてもしょうがない。それが何かを選び取るということだし、私たちはそうすることでしか新しい景色を見られない。

「ちょ、待て！　そんないっぱい持ってくな！　俺のがないだろ！」

残り全部の水風船を腕に抱えて走って逃げた。髪も濡れたし、もう体もびしょびしょだ。

でも今はそれもどうでもよかった。たまには羽目を外すのもいい。騒がしくてご近所から注意されても、樹と一緒ならいい思い出になるだろう。

樹に投げた色のついた果物が、またひとつはじけて地面に飛び散る。まるで子どもに戻ったみたいに楽しくて、私の体はこんなに元気だったんだということを、名前も知らない誰かが教えてくれたような気がした。

初出

「結婚問題」　「ポンツーン」2013年10月号〜2014年3月号
「葉子の離婚」　書き下ろし

白岩　玄《しらいわ・げん》

1983年京都生まれ。
高校卒業後、イギリスに留学。
2004年「野ブタ。をプロデュース」で第41回文藝賞を受賞し、デビュー。
同作は第132回芥川賞候補になり、
テレビドラマ化され、70万部のベストセラーとなる。
主な著書に『空に唄う』『愛について』(ともに河出書房新社)
『R30の欲望スイッチ』(宣伝会議)がある。

未婚 30

2014年9月20日　第1刷発行

著者
白岩 玄
発行者
見城 徹

GENTOSHA

発行所
株式会社 幻冬舎
〒151-0051 東京都渋谷区千駄ヶ谷4-9-7
電話 03-5411-6211(編集) 03-5411-6222(営業)
振替 00120-8-767643

印刷・製本所
図書印刷株式会社

ISBN978-4-344-02632-2 C0093
幻冬舎ホームページアドレス http://www.gentosha.co.jp/
この本に関するご意見・ご感想をメールでお寄せいただく場合は、
comment@gentosha.co.jpまで。

JASRAC 出 1411313-401 号